나도 웹소설 한번 써볼까?

나도 웹소설 한번 써 볼까?

◦이하 지음◦

교보문고

지금 망설이는 이들에게

바야흐로 웹소설 전성시대다. 웹소설 플랫폼들은 매년 수억 원의 상금을 걸고 작가를 모집하고, 앞다투어 수백억 원의 매출을 갱신하고 있으며, 억대 연봉을 받는 작가들의 숫자도 크게 늘고 있다.

불과 10여 년 전 스마트폰이 생기면서 이야기 시장에 지각변동을 일으킬 때만 해도, 작가로서 이런 환경은 감히 상상도 하지 못했다.

그때 나는 회사에 다녔고, 남몰래 소설을 습작하고 있었다. 전업 작가가 되고 싶었지만 글을 써서 먹고산다는 것은, 극소수 베스트셀러 작가가 아니고서는 꿈도 꿀 수 없는 일이었다. 나는 그저 버틸 뿐이었고, 끝내는 회사를 나왔다.

공교롭게도 당장 입에 풀칠하기 위해 닥치는 대로 잡일을 해야 했다. 밤늦게 집에 들어와서 두세 시간씩 글을 쓰다가 쓰러져 자는 날이 반복되었다. 그렇게 수년을 지내면서 운 좋게 청소년 소설을 출간하기도 했지만, 종이책 인세로는 생활하기 어려웠다.

그즈음 한 웹소설 플랫폼에서 웹소설 작가를 모집하는 글을 보았다. 뜬구름 잡는 소리처럼 들리면서도, 온몸이 뜬구름에 떠다니는 것처럼 설레기도 했다.

'누구나 당장 소설을 플랫폼에 연재할 수 있고, 조금만 재미있게 써도 괜찮은 수입을 얻을 수 있다고?'

말 그대로 판타지 세상 속의 이야기처럼 들렸다. 하지만 시간이 지날수록 더 절박해진 나는 본격적으로 웹소설을 쓰기 시작했다. 그 노력들이 모여 마침내 2019년 문피아를 통해 데뷔할 수 있었다.

지금은 각 8권씩 두 질의 소설 연재를 마쳤고, 세 번째 소설을 준비하고 있다. 그리고 회사 다닐 때 못지않은 수입도 얻고 있다. 이제 소설 써서 먹고살 수 있는 시대가 온 것이다.

나는 종종 생각한다.

'만약 내가 하루라도 빨리 웹소설 쓰기에 도전했다면 어땠을까?'

문득 오랜 세월, '글먹'을 꿈꾸며 먼 길을 헤매던 내가 떠올랐다. 그때의 나처럼 고민하는 이들도 보였다. 이 책은 조금이나마 그들에게 도움이 되고자 하는 바람에서 시작되었다.

이 책은 전체 3부로 구성되었는데, 1부 '웹소설 전성시대'에서는 현재 웹소설 시장의 규모와 작가의 수입 등 주요 현황에 대한 이야기를 담았고, 2부 '웹소설의 이해와 작법'에서는 웹소설을 쓰기 위해 숙지해야 할 이론과 더불어 실천 과제를 수록했다. 마지막 3부 '웹소설 작가 되기와 생활하기'에는 지속가능한 웹소설 작가로 살기 위해서 꼭 알아야 할 팁들을 정리해두었다.

또한 누구나 따라 하다 보면 자신만의 웹소설 시놉시스와 샘플 원고를 마련할 수 있도록 각 장의 지침들은 단계적으로 구성되었다.

부디 이 책이 당신에게 좋은 이정표이자 특별한 맵map이 될 수 있기를 바라며, 당신의 앞길에 '이야기 신'의 가호가 있기를 기원한다.

당신도 충분히 웹소설로 먹고살 수 있다.

2부 웹소설의 이해와 작법

3부 웹소설 작가 되기와 생활하기

1부

웹소설 전성시대

1

너도나도 웹소설 쓰는 시대

나도 쓸 수 있을까?

바야흐로 웹소설의 시대다.

버스나 지하철로 출퇴근하다 보면 핸드폰으로 웹툰이나 웹소설을 보는 사람들을 심심치 않게 볼 수 있다. 바쁜 일상 속에서 현대인들은 이야기를 소비하며 잠깐이나마 위안을 얻는다. 흔히 단 게 당기면 과자나 아이스크림을 찾듯이 어떤 사람들은 쉼이 필요할 때 이야기를 찾는다. 이렇듯 짧은 시간에 과자를 먹듯 문화 콘텐츠를 소비한다고 해서 웹툰이나 웹소설, 웹드라마를 '스낵 컬처snack culture'라고 한다.

2010년을 전후로 스마트 기기가 대중화되면서 스낵 컬처 시장은 빠르게 확장되어 왔고, 2020년 코로나19가 확산되고 언택트untact 시대로 접어들면서 다시 한번 도약의 시기를 맞고 있다. 네이버나 카카오 등의 플랫폼 기업들은 앞다투어 웹툰과 웹소설 시장의 점유율을 늘리고 있고, 웹소설 출판사와 에이전시 역시 한 명이라도 더 좋은 작가를 확보하기 위해 전쟁을 벌이고 있다.

작가들도 마찬가지다. 웹툰·웹소설 시장이 급성장하면서 예전에는 기껏 대여점에 납품하는 종이책 인세에만 의존하던 장르 문학 작가들의 수입은 급격히 증가했다. 종이책 인세에 머물던 수입이, 이제 연재 수입과 이북e-book 수입으로 다변화되었고, 여러 플랫폼에서 연재 및 출간이 가능해지면서 수입이 배가 된 것이다. 또한 핸드폰으로 가볍게 웹소설을 읽던 독자들 역시 자연스레 웹소설 시장에 뛰어들고 있다.

예전에는 소설가가 되려면 오랜 기간 습작을 거듭하면서 혹독한 수련 기간을 보내야 했고, 서사를 배우기 전에 문장부터 다듬어야 했다. 그러나 웹소설은 누구나 자기 생각을 풀어놓을 수 있는 데다가, 등단이나 출판 계약을 거치지 않고도 바로 플랫폼에 연재할 수 있어 진입 장벽이 한층 낮아졌다.

이제 학생들과 취업준비생은 물론, 직장인과 은퇴자들까지 웹소설 작가를 꿈꾸고 있다. 웹소설 시장에 잘만 안착하면 회사를 다니지 않고도 돈을 벌 수 있고, 연재 작품이 인기를 끌면 끌수록 더 많은 수입을 얻을 수 있기 때문이다. 소재 역시 일상에서 한 번쯤 꿈꾸어보았을 판타지가 대부분이기에 마치 게임을 하듯 쉽고 재미있게 접근할 수 있다는 점도 웹소설의 매력 중 하나다.

이유 있는 웹소설의 인기

이를 증명하듯 2021년 5월에 개최된 웹소설 플랫폼 '문피아'의 웹소설 공모전에는 무려 5,500편이 넘는 소설들이 출품되었다고 한다. 총상금 3억 6,000만 원의 이 공모전에 소설을 출품한 작가만 4,000명이 넘었고, 그중에서 아직 유료 연재를 한 경험이 없는 신인들만 해도 무려 2,100명에 달했다. 단일 공모전에서 5,000편이 넘는 소설이 출품된 것은 사상 유례없는 일이었다.

예전에는 작가가 배고프고 가난한 이미지로 통했지만, 웹툰이나 웹소설 작가만큼은 이제 돈 잘 벌고 자유로운 인기 직업이 된 것이다.

문피아의 김환철 대표에 따르면 2021년 공모전에 투고한 이들 중 상당수가 직업을 가진 이들이라고 한다. 웹소설이 돈이 된다는 인식이 확산되면서 앞서 언급했듯이 학생이나 취준생, 고시생은 물론 직장인들도 퇴근 후 다시 컴퓨터 앞에 앉고 있다. 곧바로 수입을 창출하길 바라는 드라마나 시나리오, 방송작가 등의 글을 다루는 직업군들 역시 마찬가지다. 영화나 드라마, 종이책 등은 제작비가 많이 들어가지만 웹소설은 오로지 노트북 하나만 있으면 된다. 여러 사람의 손을 거칠 필요도 없이, 지금 당장 플랫폼에 소설을 올릴 수도 있다.

그런데 들어가는 품에 비해 수입은 큰 편이다. 앞서 이야기했던 연재 수입과 전자책 수입뿐 아니라, 인기 있는 작품들은 웹툰이나 영화, 드라마로 제작되면서 지식재산권intellectual property, IP 수입이 더해진다. 보통의 종이책 인세는 책값의 10% 정도에 불과하지만, 웹소설은 30~40%를 웃돈다. 독자들 역시 책을 사 보려면 한 권에 1만 원 이상을 지출해야 하는 탓에 망설이는 경우가 많지만, 웹소설은 한 화에 100원만 결제하면 되기에 상대적으로 쉽게 구매하는 편이다. 그러나 웹소설에 한번 재미를 들이면 밤을 꼬박 새우는 일이 비일비재하기에, 100원에서 시작된 결제금액이 1만 원, 2만 원을 훌쩍 넘을 때도 많다. 웹소설이 재미있는 한 독자들은 무려 수백, 수천 화에 달하는 작품을 끝까지 따라가는 경우도 많다.

웹소설 시장 규모

비록 웹툰 시장보다는 아직 규모가 작지만 웹소설은 제작비가 적고 진입장벽이 낮기에 성장률 역시 만만치 않다. 지난해 웹소설 시장의 규모는 6,000억 원을 훌쩍 넘었고, 억대 수입을 얻는 작가들 수도 급격히 증가했다. 특히 《나 혼자만 레벨업》,《전지적 독자 시점》 같은 '슈퍼 IP'가 등장하면서 단일 작품으로 100억 원대 수익을 훌쩍 넘어서는 경우도 증가하고 있다.

불과 몇 년 전만 해도 손에 꼽을 정도였던 웹소설 출판사 역시 2020년 말 기준으로 700여 곳을 넘어섰고, 기존 메이저 단행본 출판사들도 뒤늦게 부랴부랴 웹소설 브랜드를 설립해 시장에 뛰어들고 있다. 종이책보다 비용은 한참 덜 들어가는데, 조금만 인기를 끌어도 두고두고 수익이 나는 웹소설 시장을 마다할 출판사가 있을까?

웹상에서는 전자책이 아무리 많이 팔려도 종이를 사서 증쇄할 필요도, 전국 서점 구석구석에 유통할 필요도 없다. 이미 전 국민이 스마트폰을 들고 있고, 상당수가 네이버나 카카오페이지, 문피아 등의 웹소설 앱을 깔고 있으니 출판사와 에이전시는 오직 한 가지만 고민하면 된다. 바로 재미있는 웹소설을 쓰는 작가를 찾는 것! 출판사들은 오늘도 눈에 불을 켜고 문피아나 네이버 등의 자유연재 플랫폼을 살피면서 신인 찾기에 골몰하고 있을 것이다.

웹소설 작가는 슈퍼갑

예전에는 책을 출판하기 위해 수많은 지망생들이 소설 한 권 분량을 써서 여러 출판사에 투고하곤 했다. 출판사 편집자는 그것들을 적당히 넘겨 보면서 예술성과 재미, 완성도를 꼼꼼히 따져서 출간 여부를 결정해야 했다. 책 한 권을 내는 데 들어가는 시간과 비용을 고려할 때 어지간히 두드러지는 작품이 아니고서는 대부분의 투고작이 외면받기 일쑤였다. 어디까지나 계약서에는 작가가 '갑'이고 출판사가 '을'로 명시되지만, 인기 작가가 아니고서는 실질적인 갑을 관계가 뒤바뀐 경우가 많았다.

그러나 웹소설 시장에서는 작가가 전적으로 갑일 수밖에 없다. 책을 내는 비용도 거의 없고, 한번 계약을 맺으면 적어도 수년간은 그 작품이 여러 플랫폼을 돌아다니며 돈을 벌어다 줄 텐데, 그것을 마다할 출판사가 어디 있을까? 그래서 출판사들은 신인 작가들이 연재하는 소설을 꼼꼼히 모니터링하며 때로는 먼저 나서서 피드백해주거나, 계약 조건을 제안하며 접근하는 경우가 많다. 아직 한 번도 연재작이 유료화가 되지 않은 작가에게도 선인세를 제안하며 계약부터 하려는 경우도 종종 있다.

또한 지금은 출판사뿐 아니라, 소위 '웹소설 에이전시'가 급격히 늘어나면서 좋은 작가를 확보하려는 경쟁이 더 심해졌다. 에이전시란 작가가 쓴 글을 여러 플랫폼에 유통하고 홍보·마케팅을 하는 등 웹소설이 더 잘 팔릴 수 있게 매니지먼트를 해주는 회사를 말한다.

예전에는 작가가 쓴 소설을 독자들에게 선보이려면 일단 종이책으로 찍어서 서점에 유통해야 했기에 담당 출판사가 에이전시의 역할도 했다면, 이제는 굳이 소설을 책으로 펴낼 필요가 없기에 순수하게 매니지먼트에만 주력하는 에이전시가 더 많이 생겨나고 있다.

여기에 최근 넷플릭스나 디즈니플러스와 같은 OTT^{••} 시장이 커지고 한국의 스토리 콘텐츠가 주목을 받으면서 웹툰이나 웹소설 같은 장르적 성격을 지닌 원천 스토리가 더욱 주목받고 있다. 한마디로 작가가 무척 귀해진 것이다. 출판사와 에이전시가 눈에 불을 켜고 신인 작가를 발굴하려는 까닭이다.

지금껏 출판 시장에서 신인 작가가 이렇게 우대를 받은 적이 있었던가? 그 말인즉, 웹소설은 조금만 재미있게 써도 일정한 수입을 얻을 수 있으며, 조금만 인기를 끌어도 수입이 크게 늘어날 수 있다는 방증이다. 이런 시장이라면 웹소설 쓰기에 한번 도전해볼 만하지 않을까?

●● 'over the top'의 약자로, 개방된 인터넷을 통해서 영화, 드라마 등의 미디어콘텐츠를 제공하는 서비스를 뜻한다. 여기서 'top'은 'TV 셋톱박스'에서 따온 말로, 초기에는 셋톱박스를 통해 제공되는 케이블 또는 위성 방송 서비스를 의미하였으나, 인터넷의 발달로 PC, 스마트폰 등의 기기에 제공되는 영상 스트리밍 서비스로 그 의미가 확장되었다.

2

웹소설로 얼마나 벌 수 있을까?

전업 작가의 수입

그렇다면 웹소설 작가들의 수입은 얼마나 될까? 지극히 보통의 웹소설 작가이면서 초보인 내 경우를 예로 들어보려 한다.

나는 지금까지 두 질의 웹소설, 작품마다 약 200화씩 연재했다. 보통 25화 정도를 한 권으로 보기 때문에, 작품마다 여덟 권씩 연재한 셈이다. 200화면 남성향 웹소설 중에서는 비교적 짧은 축에 속한다. 보통은 10권, 250화 이상은 연재해야 독자들이 많이 따라붙고 작가의 수입 또한 어느 정도 확보할 수 있다. 나는 아직 웹소설을 쓰면서 배우는 중이기에 지금까지는 호흡이 짧았지만, 차기작부터는 꼭 10권 이상 쓰려고 준비 중이다.

내 수입은 이렇다. 연재 당시에는 월 600~700만 원, 연재를 쉴 때는 200~300만 원 정도를 벌고 있다. 우선 웹소설의 수입 구조에 대해 정리하자면 먼저 연재 수입이 있고, 연재 완결 후 이북이나 종이책으로 출간했을 때의 인세가 있다. 내가 활동하는 문피아의 경우는 3단계로 나뉜다.

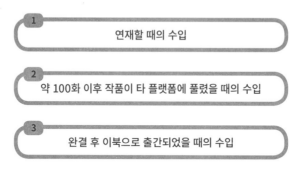

통상적으로 독자들이 웹소설 한 화를 결제할 때 100원이 지출되는데, 이 가운데 작가에게 돌아가는 수입은 약 40~50% 정도로 볼 수 있다.

연재할 때의 수입

내 경우에는 첫 작품이 연재될 때 일일 평균 조회 수가 약 1,000회 정도로 비교적 적은 축에 속했다. 아니, 적다고 생각했다. 그도 그럴 것이 유료 연재하는 작가 중 이 정도는 100위 안에 간신히 들어갈 정도였고, 내 소설 위로 하루 조회 수가 2,000회, 3,000회, 4,000회, 심지어 1만 회가 넘어가는 작품들이 수두룩했기 때문이다. 그러나 막상 통장을 확인해보니 일일 평균 조회 수가 1,000회만 넘어가도 상당한 금액이 찍히기 시작했다.

한 화당 100원씩 결제되니, 단순 계산으로 여기에 1,000을 곱하면 하루 매출만 10~15만 원이 나오는 셈이다. 한 달 중 25일을 연재했으니 250~300만 원이 월 매출로 잡힌다. 연재 화 수가 쌓이면서 조회 수는 점점 늘어난다. 다음 화를 손꼽아 기다리면서 소설이 올라오는 즉시 결제해서 보는 독자들도 많지만, 어느 정도 화 수가 쌓였을 때 뒤늦게 따라오는 독자도 있다. 100화가 넘은 것을 확인하고 따라오는 독자도 있고, 완결되면 읽기 시작하는 독자, 이북으로 나왔을 때 한꺼번에 읽는 독자도 있다. 그렇기 때문에 50화, 100화, 150화, 200화를 지날 때마다 뒤늦게 따라오는 독자들로 인해 실질적인 조회 수는 최신화 조회 수의 2~3배에 달한다. 한 달 매출로 따지면 적을 때는 300~400만 원, 많을 때는 600~700만 원까지 통장에 찍히는 셈이다. 여기서 끝나는 게 아니다.

약 100화 이후 타 플랫폼 수입

웹소설이 100화가 넘어가면서 내 작품은 문피아 외에도 네이버나 리디북스, 원스토어 등 거의 모든 웹소설 플랫폼에 풀리기 시작했다. 마치 종이책 단행본을 냈을 때 거의 모든 온라인서점에서 책이 판매되는 것과 같은 맥락이다.

하나의 플랫폼에서 독점으로 연재하던 소설이 한꺼번에 여러 플랫폼에 풀려서 동시에 연재되기 시작하니 당연히 수입도 늘어난다.

1차 플랫폼에서 어느 정도 인기를 끌던 작품은 타 플랫폼에서도 조회 수가 비교적 높은 편이다. 다만 각 플랫폼이 선호하는 장르가 있고, 어떤 이벤트를 해주느냐에 따라 수입의 편차가 생긴다. 보통 1차 플랫폼에서의 연재 수입을 '1'이라고 칠 때, 타 플랫폼의 연재 수입은 '1' 이상이 나온다. 내가 썼던 소설은 대체역사 소설인데 이는 마니아층이 선호하는 장르로, 문피아에서는 조회 수가 높게 나왔지만 타 플랫폼에서는 그만큼 나오지 않았다. 그러나 내가 쓰는 소설의 인세가 '1+1'으로 나온다는 자체만으로 얼마나 기분 좋은 일인가?

이제 연재 수입에 타 플랫폼 수입을 합산해보자. 타 플랫폼에 풀리기 시작하면서 내 경우는 월말에 인세가 200~300만 원씩 추가로 더해졌다. 문피아 인세까지 합하면 적을 때는 500~600만 원, 많을 때는

800~900만 원에 달한 셈이다. 딱 한 번 웹소설 지망생들한테 '꿈의 숫자'로 불리는 '월 1,000'을 터치한 적도 있다. 이로 미루어보건대 일 평균 조회 수 2,000회가 넘는 작가들은 기본적인 수입이 월에 1,000 만 원이 넘어간다고 볼 수 있겠다.

여기서 끝난 게 아니다. 한 작품이 완결되고 몇 달이 지나면 내가 연재했던 소설이 이북으로 제작되어 다시 한번 여러 플랫폼에 풀린다.

그리고 이북 수입

작가의 스타일이 다르듯 독자의 성향도 다양하다. 이야기가 어떻게 흘러가는지 가장 먼저 읽어야 직성이 풀리는 독자도 있지만, 연재를 쫓아가며 한 화씩 결제하는 것에 답답함을 느끼는 독자도 있다. 내가 기다리는 소설이 늦게 올라올 때도 있고, 작가의 건강 상태에 따라 휴 재되거나 심지어 연재가 중단될 때도 있기 때문이다. 한 세계에 푹 빠 져서 일상을 살아가던 열혈 독자들에게는 청천벽력과 같은 소식이 아 닐 수 없다. 한두 번 이런 경험을 한 독자들은 자연스레 연재 중인 소 설보다는 완결된 작품으로 눈을 돌린다. 한 화씩 끊어 읽기보다 한 번 에 쭉 읽기를 좋아하는 독자들 역시 이북을 선호한다.

이북은 엄연한 단행본의 범주에 들어가기에 기존의 웹소설 플랫폼 뿐 아니라 온라인서점에서도 판매된다. 당연히 추가 수입이 발생한다.

작가 입장에서는 연재 중일 때 한 번, 일정 분량 연재 후 타 플랫폼에 풀렸을 때 한 번, 연재 완결 후 이북이 나왔을 때 한번, 총 세 번에 걸쳐 인세 수입이 발생하는 셈이다. 웹소설이 이북이 되는 시기는 연재 수입과 타 플랫폼 수입이 반 이상 줄어 있을 시점이다. 이북 인세가 그것을 상당 부분 상쇄해줄 것이다.

여기서 한번 생각해보자. 만약 내가 웹소설을 매년, 아니면 적어도 격년에 한 작품씩 꾸준히 연재할 수 있다면? 앞에서 설명한 웹소설의 수입 구조가 지속적으로 맞물리게끔 연재를 이어갈 수 있다면? 비록 하루 평균 조회 수가 1,000에 미치지 못하더라도 먹고살 정도의 돈이 월급처럼 따박따박 나오지 않을까?

충분히 전업 작가로 살아갈 수 있지 않을까?

lesson

3

어떤 플랫폼에
연재하면 좋을까?

웹소설 플랫폼별 특징

그렇다면 문피아가 아닌 다른 플랫폼에 연재한다면 어떨까?

내 소설 한 화가 결제되었을 때 돌아오는 수입은 카카오나 네이버, 원스토어 등 대부분의 연재 플랫폼에서 대동소이하다. 그러나 웹소설 플랫폼들이 점점 더 독점연재를 선호하고 있기 때문에, 카카오페이지나 네이버 시리즈와 같은 연재 플랫폼에서는 문피아처럼 100화 이후 다른 플랫폼에 풀릴 가능성이 작다. 그 말인즉 2차로 연재 수입이 생길 여지가 없다는 소리다.

이것만 놓고 보면 문피아가 좋다고 볼 수 있지만, 사실 규모를 따지자면 어떤 웹소설 플랫폼도 카카오나 네이버에 비교할 수 없으리라. 순수하게 카카오페이지 한 곳에만 연재해도 나머지 플랫폼 전부에 연재하는 것과 같은 수입을 얻을 수도 있다는 소리다.

결국 가장 중요한 것은 내가 어떤 스타일의 웹소설을 쓰고 싶은지,

어떤 식으로 그것을 연재하고 싶은지 확실히 파악하고 거기에 맞는 플랫폼을 선택하는 것이다.

로맨스 장르를 선호하는 작가라면 카카오페이지나 네이버 시리즈 외에도 북팔, 로망띠끄 등의 웹소설 플랫폼에 연재하는 게 좋다. 이미 한두 질 유료 연재를 마친 작가라면 네이버 정식 연재를 노려봐도 좋을 것이다. 헌터물이나 가벼운 판타지물과 같이 비교적 젊은 감각의 웹소설, 로맨스 판타지 장르를 연재하려는 작가라면 카카오페이지에 도전해보는 게 좋다. 그러나 카카오페이지나 네이버 시리즈는 작가가 바로 플랫폼에 연재하는 구조가 아닌 출판사나 에이전시를 통해 먼저 플랫폼의 심사를 받고, 여기서 통과된 작품만 연재할 수 있는 구조로 되어 있다. 에이전시가 없거나 기존 출간작이 없는 신인의 경우 특정 플랫폼에 연재를 많이 한 출판사를 찾아서 작품을 투고하는 것도 방법이 될 수 있겠다.

카카오페이지

카카오페이지는 웹소설 시장에서 가장 많은 점유율을 가지고 있기 때문에 굳이 특정 장르에 해당하지 않더라도, 많은 작가들이 이곳에 연재하는 것을 목표로 삼고 있다. 다만 출판사나 에이전시에 먼저 작품을 투고해야 하고, 몇 달을 기다려서 카카오의 심사를 받는 과정을 거쳐야 한다. 또한 심사를 통과한 후에는 적어도 100화 이상의 회차를 써두어야 연재를 시작할 수 있다. 이 과정이 무척 지난하고, 혼자서 100화를 쓰는 것도 쉬운 일이 아니기에 기성 작가가 아니라면 당장은 권하고 싶지 않다.

이런 장벽을 깨달았는지 카카오페이지는 2021년 9월 '스테이지 STAGE'라는 자유연재 사이트를 만들어 신인 작가도 곧바로 연재할 수 있는 시스템을 마련했다. 그러므로 자신의 웹소설 스타일이 카카오페이지에 딱 맞거나, 카카오에 연재하는 것이 꿈이라면 곧바로 스테이지에 연재해도 좋겠다.

네이버 시리즈

네이버 시리즈에는 독자들이 선호하는 장르가 비교적 골고루 포진되어 있어서 대부분의 소설이 무난한 성과를 내고 있다. 다만 네이버

●● 카카오페이지 스테이지 : pagestage.kakao.com

시리즈 역시 출판사나 에이전시를 통해 심사를 받고 연재하는 구조이기에, 카카오페이지처럼 연재하기까지 많은 노력이 필요하다. 그러나 네이버에도 시리즈와는 별개로 신인들이 웹소설에 도전할 수 있는 페이지가 따로 있다. 이름하여 '챌린지리그'. 여기서 꾸준히 연재해서 일정 랭킹에 들게 되면 '베스트리그'로 승격할 수 있다. 베스트리그서부터는 미리보기를 통한 연재 수입도 발생한다. 여기서 다시 내부 심사를 통해 선별된 작품은 '오늘의 웹소설'을 통해 정식 연재를 할 수 있다.

오늘의 웹소설은 2010년대 초기에 네이버가 웹소설 시장을 선점하기 위해 만든 페이지로, 작가들에게 매월 일정한 원고료를 지급하면서 미리보기를 통해 추가 수입까지 얻을 수 있게 한 획기적인 제도였다. 그전까지만 해도 '웹소설'이라는 개념이 없었던 데다, 장르 소설은 거의 대부분 종이책으로 출판되어 대여점 시장에서 통용되던 시절이라 작가들의 수입도 거의 없었다.

그런데 네이버에서 정식 연재를 하면 작가 입장에서 '월급'도 나오고, 연재에 따른 인세까지 나온다고 하니 얼마나 파격적인가? 그뿐 아니라, 내 글이 동네 대여점이 아닌 네이버의 첫 페이지에 '오늘의 웹

novel.naver.com/challenge/popular

소설'로 딱 소개된다니, 그야말로 경천동지할 일이었다.

물론 지금은 웹소설 시장이 커지면서 네이버 정식 연재보다 더 매력적인 조건을 제시하는 플랫폼이 많아졌기에, 작가들 사이에서 '오늘의 웹소설' 인기가 전보다는 시들해진 것도 사실이다. 그러나 안정적인 작가 생활을 꿈꾸는 신인들은 지금도 여전히 '오늘의 웹소설'을 목표로 네이버 챌린지리그의 문을 두드리고 있다. 기성 작가라면 곧바로 네이버에 작품을 투고하면 된다.

다만 네이버의 경우 우리나라의 대표적인 검색 플랫폼이고 학생들이 많이 이용하는 사이트기도 해서 웹소설 연재를 위한 심사 기준이 비교적 까다로운 편이다.

문피아

마지막으로 문피아를 살펴보자. 문피아는 독자층이 10대부터 60대 이상까지 비교적 다양하다. 스마트폰이 생기면서 웹소설 시장이 급성장한 것을 고려할 때, 웹과 앱의 접근성이 높은 청소년이나 청년보다 청장년층이 더 많다는 것은 무척 이례적인 경우다. 이것은 문피아의 태생이 본래 무협 작가들이 주축이 되어 2002년 9월에 만들어진 '고무림'이란 연재 사이트기 때문이다. 고무림은 곧 판타지 장르를 추가해 '고무판'이 되었고, 2006년에 현재의 문피아로 이름을 바꾼다. 그리고 현대 판타지, 대체역사, 라이트노벨 등의 장르까지 아우르면서 2012년에 정식으로 대한민국 웹소설 사이트로 거듭나게 된다.

문피아의 독자층이 다양한 까닭은 바로 2000년대 무협을 즐겨 읽던 30, 40대 독자층이 고스란히 2020년대인 지금까지 이어져 오면서 50, 60대 독자층을 이루고 있기 때문이다. 여기에 웹소설 시장이 성장함에 따라 20, 30대의 독자들이 새로 진입하면서 문피아의 독자층은 전 세대를 아우르게 된 셈이다. 역사가 오래된 만큼 문피아에서는 인기 장르뿐 아니라, 대체역사나 스포츠 등 마니아층이 선호하는 장르들도 꾸준히 인기를 끌고 있다. 내가 처음에 웹소설 시장에 뛰어들면서 대체역사 소설인 《조선 해양왕》을 문피아에 연재한 까닭도 바로 이 때문이다.

이렇듯 나와 맞는 웹소설 플랫폼을 선택하는 것은 무척 중요하다. 그러나 이것은 어디까지나 내 작품이 준비되었을 경우의 이야기다.

웹소설 입문자가 가장 먼저 해야 할 일은 무엇보다 온전히 내 작품을 써내는 것이다. 어떻게 보면 단순한 소리 같이 들리겠지만 당장 무엇을 쓸지, 어떻게 쓸지, 또 얼마나 써야 할지 막막할 것이다.

그것을 구체화하기 위해 2부에서는 소재를 구상하고 한 질의 웹소설로 빚어내기까지 일련의 과정들을 차곡차곡 설명해보고자 한다. 각 장의 설명을 숙지하고, 말미에 적어둔 실습 과제들을 하나씩 따라가다 보면 어느새 자신만의 이야기를 써나가는 모습을 발견하게 될 것이다.

당신도 충분히 웹소설 작가가 될 수 있다.

2부

웹소설의
이해와 작법

4

공상을 좋아한다면
당신도 이미 웹소설 작가

웹소설이 여타의 콘텐츠와 다른 점

인간은 누구나 공상을 하면서 살아간다. '공상空想'이란 사전적 의미로 '현실적이지 못거나 실현될 가망이 없는 것을 막연히 그려보는 것'을 뜻한다.

우리는 누구나 틀에 박힌 삶 속에서, 적당히 현실과 타협하며 그럭저럭 살고 있다. 한 번쯤 일탈을 꿈꾸지만 그에 따른 대가는 크고, 한 번쯤 다른 삶을 꿈꾸지만 시간을 되돌리지 않는 이상 대체로 불가능하다. 어찌 보면 이보다 더 재미없을 수가 없다. 그래서 우리는 오늘도 버스와 지하철에 몸을 맡긴 채 꾸벅꾸벅 졸거나, 스낵 컬처를 소비한다. 말 그대로 과자를 먹듯 10분 내외의 짧은 시간에 웹툰이나 웹소설을 보는 것이다.

이미 스낵 컬처 시장은 대세이고, 언택트 시대로 접어들면서 또 한 번 도약의 계기를 맞았다. 이뿐인가, 지구촌에 K-컬처 열풍이 불면서 이제 웹소설은 영화, 음악, 드라마 등과 함께 세계 곳곳으로 팔려나가고 있다.

웹소설을 말할 때 굳이 '인터넷상에 연재되는 소설'이라는 식의 판에 박힌 설명은 그만두자. 웹소설은 돌려 말하자면 '공상을 그럴듯하게 문자로 풀어놓은 것'이라는 설명이 더 정확하다. 누구나 한 번쯤 상상했던 삶, 누구나 한 번쯤 그려봤을 인생을 좀 더 자세히, 그럴듯하게 풀어놓은 게 바로 웹소설이다. 독자들은 자신이 한 번쯤 꿈꾸었던, 또는 한 번쯤 꿈꾸어도 좋을 이야기를 찾고 있고, 그런 웹소설을 찾았을 때 지체 없이 지갑을 연다.

웹소설의 차별성

영화 〈토탈 리콜〉*에는 완벽한 기억을 제공해 고객이 원하는 환상을 현실처럼 느끼게 해주는 회사가 나온다. 쉽게 말해서 고객이 원하는 꿈을 꾸게 도와주는 곳이다. 웹소설 작가는 이 영화에 나오는 회사, '리콜Recall'처럼 독자가 원하는 환상을 심어주는 사람이다.

●● 필립 K.딕의 소설 《도매가로 기억을 팝니다》를 원작으로 한 미국 스릴러 영화. 폴 버호벤 감독의 연출을 바탕으로 1990년 개봉되었고, 2012년 리메이크되었다.

이것이 웹소설이 다른 스낵 컬처와 조금 다른 점이다. 물론 영화나 드라마, 애니메이션 역시 '대리만족'의 기능이 있다. 하지만 그것들은 대개 이야기 자체의 재미나 완성도가 성패를 좌우한다. 일반 소설도 마찬가지다. 소위 순수 문학이든 장르 문학이든 각각의 예술성과 재미만 가지고 있다면 대중에게 충분히 인정받는다. 비교적 웹소설과 가깝다고 할 수 있는 웹툰도 마찬가지다.

그러나 웹소설은 여기에 한 가지를 더 필요로 한다. 앞서 이야기했듯이 바로 '독자가 원하는 환상'이다. 주인공은 독자의 아바타에 가깝다. 차라리 재미와 감동이 조금 덜하더라도 웹소설 독자들은 주인공을 통해 자신들의 공상이 실현되고 충족되기를 바란다. 그런 의미에서 웹소설은 웹툰보다는 게임과 비슷하다. 독자들은 게임을 고르듯 주인공을 통해 자신이 살고 싶은 세상에 접속하고, 주인공을 통해 그 세계에서 성장하며 승승장구하길 바란다.

그렇기에 웹소설은 주인공이 펼쳐나갈 '그럴듯하며 방대한 서사'가 반드시 수반되어야 한다. 다른 장르와 달리 웹소설이 짧게는 7~8권, 길게는 20권 이상까지 연재되는 까닭 역시 여기에 있다. 마치 게임 캐릭터의 아이템을 구매하듯 독자들은 주인공의 성장과 보상을 기대하며 다음 화를 결제한다. 독자들은 주인공이 끊임없이 성장하기를 바라며, 주인공의 세계 역시 점점 확장되길 바란다. 주인공이 곧 자신의 아바타이기에, 독자들은 주인공의 무한한 성장과 더불어 성취감을 느낀다.

웹소설의 주인공

이렇듯 웹소설은 짧게는 반년, 길게는 수년에 걸쳐서 거의 매일 연재되기에, 독자들은 주인공의 일상을 공유하며 함께 살아간다고 해도 과언이 아니다.

독자들이 자신을 투영해야 하기에, 주인공은 당연히 매력적이고 남달라야 한다. 비록 태생이 못났더라도 어떤 계기를 통해 다른 사람에게는 없는 특별한 능력을 얻어야만 한다. 주인공은 이를 바탕으로 크고 작은 일들을 하나씩 헤쳐나가야 하며, 처음에는 주인공을 무시하던 인물들도 점차 그 모습에 탄복하며 칭찬하고 존경하게 된다.

웹소설은 주인공의 성별이 매우 중요하다. 웹소설의 독자들은 대개 자신과 같은 성별의 주인공이 등장하는 작품을 선호한다. 옷과 신발 등의 기성품에 남성용과 여성용이 있듯이 웹소설에도 수용자의 성향을 뜻하는 '남성향'과 '여성향'이 정해져 있다. 타깃 독자가 누구냐에 따라서 남성 작가가 여성향 소설을, 여성 작가가 남성향 소설을 쓸 수도 있다. 하지만 남성향 소설을 여성이 즐겨 읽거나, 여성향 소설을 남성이 즐겨 읽는 경우는 드물다.

또한 웹소설은 다른 이야기 장르보다도 훨씬 더 오랜 시간 연재되기에 서사가 처음부터 다 짜여 있는 게 아니라 주인공의 활약에 따라서 달라지기도 한다. 특히 이런 변화는 독자들과 함께 이뤄나가는 경우가 종종 있다. 독자들이 주인공에 잔뜩 몰입해 있기에 때때로 이야기가 마음에 들지 않거나, 주인공이 손해를 보면 마치 자기 일처럼 댓글을 통해 작가에게 항의한다.

작가는 이야기의 주도권을 가지고 계속 써나가지만 여러 독자들이 지나치게 반발하는 경우에는 그 의견을 수렴해서 주인공의 행보를 수정하기도 한다. 그렇기에 웹소설은 작가와 독자가 어느 정도 함께 써나간다는 느낌이 강하다. 뒤집어서 생각하면 타 장르에 비해 독자의 지분이 크다는 이야기다.

다시 강조하지만, 웹소설은 공상을 그럴듯하게 풀어놓은 것이며, 그렇기 때문에 웹소설에서 가장 중요한 것은 독자가 원하는 환상을 잘 풀어나가는 것이다. 자칫 독자에게 휘둘리기 쉬운 분야라고도 생각할 수 있지만, 사실 해법은 아주 간단하다. 웹소설의 '제1 독자'는 바로 작가이기 때문이다. 내가 읽고 싶은 글, 내가 꿈꾸었던 세상, 내가 살고 싶은 세계를 공상하듯이 풀어나가면 된다. 그러면 자연스레 나와

비슷한 생각을 했던 독자들이 찾아와서 소설을 읽고 공감해줄 것이고, 조회 수는 점차 늘어날 것이다.

다른 이야기 장르는 촬영하고 편집하고 그림을 그리는 등 2차 가공에 상당한 시간과 인력이 소요된다. 작품을 대중 앞에 선보이는 시점 역시 가늠할 수 없으며 기한도 꽤 오래 걸린다. 반면 웹소설은 작가 혼자 타이핑해서 곧바로 플랫폼에 업로드하면 끝난다. 비용도 거의 들지 않는다. 때로는 노트북을 들고 카페에 가거나, 어디론가 훌쩍 떠나서도 연재할 수 있다. 그러나 웹소설 작가는 누구보다 더 오랜 시간, 누구보다 더 빈번하게 공상에 깊이 빠져들어야 한다.

작가에게 가장 중요한 것은 무엇이든 웹소설로 풀어낼 만한 '거리'가 있느냐의 여부다. 모든 소재는 바로 이 공상에서 비롯된다. 만약 당신이 공상을 좋아한다면 이미 웹소설 작가의 자질을 갖췄다고 할 수 있다.

그러니 공상, 또 공상하자. 남들이 볼 때는 멍 때리고 있는 것처럼 보이겠지만 당신은 이미 상상의 세계 속에서 '염력念力'으로 하나의 우주를 빚고 있는 것이다. 당장은 그 세계를 볼 수 있는 사람이 자신밖에 없지만 곧 수많은 사람이 당신의 세계에 열광하게 될 것이다.

● 질문 1

당신이 평소에 자주 하는 공상은 무엇인가?

당신이 이루고자 하는 꿈,

되고 싶은 직업,

구현하고자 하는 세계…

차라리 과거로 돌아가서 다 바꿔도 좋을 것이다.

당신이 주로 하는 공상 세 가지만 자유롭게 적어보자.

적기만 해도 이제 그 공상은 더 이상 엉뚱한 상상이 아닌,

이야기를 통해 구현 가능한 세계로 싹트기 시작할 것이다.

5

당신이 선호하는 장르는 무엇인가?

웹소설의 장르와 성격

보통 소설은 크게 일반 소설과 장르 소설로 구분할 수 있다. 일반 소설은 말 그대로 일상에서 벌어지는 인간들의 사실적인 이야기를 다룬 소설이다. 이와는 달리, 다소 환상적이거나 특이한 소재를 다룬 소설을 장르 소설로 구분할 수 있다.

모든 소설에는 장르가 있다는 점에서 이러한 구분법에 모순이 있고, 일반 소설을 '본격 문학' 또는 '순수 문학'으로 한정하고, 그 밖의 소설들을 굳이 '장르 문학'이라는 용어로 통칭하고 있다는 점에서 그리 달가운 분류법은 아니지만, 어쨌든 장르 문학은 환상성에 기반을 둔 대중적이고 상업적인 소설이라는 점에서 웹소설 시대에 가장 부합하는 스토리 콘텐츠라고 볼 수 있겠다.

웹소설은 쉽게 말해서 웹이나 앱 환경에 맞게 구현된 장르 소설을 뜻한다. 단순히 종이책에 담긴 소설을 업로드해놓고 웹소설이라고도 부를 수 있겠지만, 엄밀하게 볼 때 웹소설의 의미는 소설이 연재되는 매개뿐 아니라 소설을 읽고 즐기는 방식, 그리고 그 사이의 인터페이스를 아우르는 종합적인 개념으로 확장되고 있다.

그렇기에 이제 웹소설은 기존의 문학과 소설 분류법으로는 제한할 수 없는 전혀 새로운 스토리 콘텐츠로 자리매김하고 있다. 당연히 웹소설 역시 웹소설만의 고유 장르, 즉 하위 장르를 가지고 있다.

처음 웹소설을 쓰기 시작할 때는 장르를 결정하는 일이 무척 어려울 것이다. 어떤 장르를 선택하느냐에 따라 앞으로 작가 생활이 달라질 것이기 때문이다. 나한테 맞는 장르를 써서 승승장구하는 작가도 있고, 나한테 맞지 않는데도 굳이 인기 장르를 찾아 꾸역꾸역 쓰는 작가도 있다. 이런저런 장르를 배회하다가 뒤늦게 자신의 강점을 찾아 특정 장르에서 크게 성공을 거두는 작가도 있다.

과연 웹소설에는 어떤 장르들이 있고, 자신에게 맞는 장르를 어떻게 고르면 좋을까?

웹소설 장르와 성격

먼저 내 머릿속을 찬찬히 들여다보자. 앞서 웹소설 작가는 공상가라고 했다. 쉽게 생각해서, 내가 자주 하는 공상의 배경이나 패턴이 곧 웹소설의 장르를 좌우한다고 볼 수 있다.

혹시 중세풍의 판타지 세계 속에서 다양한 마법사나 종족들을 부리며 자신만의 영지를 늘려가고 싶은가? 그렇다면 판타지물이 제격이다. 대표적인 판타지물이 바로 J.R.R. 톨킨J.R.R. Tolkien의 《반지의 제왕》이다. 간간이 중세의 동양을 배경으로 한 판타지 소설도 있지만, 대개의 판타지 소설은 서양 중세를 배경으로 한다.

혹시 강호(?)를 넘나들며 영웅호걸들과 겨루고, 술을 마시며 천하를 호령하는 모습을 자주 상상하는가? 그렇다면 무협 소설이 제격이다. 무협물은 말 그대로 무림과 협객 등을 다루는 소설 장르다. 주로 옛날 왕조 시대의 중국이 배경이지만, 최근에는 다른 시공간에서 펼쳐지는 이야기도 많이 등장하고 있다.

혹시 조선 시대나 구한말, 또는 삼국 시대로 회귀해서 한 시대를 호령하거나 바꿔보고 싶은가? 무조건적인 전쟁이나 세력 확장이 싫다면, 미래 지식으로 각종 문물을 개발해서 한 나라를 발전시키고 싶지 않은가? 좀 더 현실적인(?) 판타지를 선호한다면 대체역사나 역사 판타지 소설이 제격이다. 요즘에는 독일이나 러시아 등 다른 나라를 배경으로 펼쳐지는 이야기도 큰 인기를 끌고 있다. 그보다 더 현실적인 것을 선호한다면 당장 현대사회를 배경으로 한 현대 판타지 소설에

도전해보는 것도 좋겠다. 현대 판타지물은 말 그대로 현대에 벌어지는 환상적인 이야기를 뜻한다. 시간을 되돌리거나 사람의 마음을 읽는 등 특별한 능력을 갖게 된 주인공이, 그 능력을 바탕으로 적대 세력을 혼쭐내며 승승장구하는 내용이 주가 될 것이다.

당신이 아침에 일어나 가장 먼저 검색하는 기사가 어젯밤에 열린 프리미어리그나 메이저리그 경기라면, 중요한 경기는 아예 밤잠을 설쳐가며 꼭 보고야 마는 사람이라면, 한술 더 떠서 자신이 축구장이나 야구장에서 활약하는 상상을 수시로 하는 사람이라면 스포츠물을 써보기를 권한다. 스포츠물은 말 그대로 스포츠를 소재로 한 소설로, 특정 스포츠를 좋아하고 잘 안다면 충분히 도전해볼 수 있는 장르다.

게임을 좋아한다면 게임 소설에 도전해보는 것도 좋겠다. 게임 소설은 이야기 속의 세계가 가상 온라인 게임처럼 진행되는 방식의 소설을 통칭한다. 보통 주인공이 특정 세계관을 지닌 가상현실 온라인 게임에 접속하고, 그 세계에서 활약하면서 성장하는 내용으로 이루어진다. 최근에는 거꾸로 주인공의 눈앞에 '상태 창'과 같은 게임 시스템이 뜨면서 일상 속에서 특정 미션을 수행하는 방식의 게임 소설이 인기를 끌고 있다.

탐정 또는 탐정의 역할을 하는 주인공이 등장하고 살인 사건 등을 해결하는 방식의 이야기는 전형적인 추리 소설에 해당한다. 미스터리 소설 역시 실체를 알 수 없는 사건 또는 존재를 찾아 나서거나, 거꾸로 쫓기면서 벌어지는 이야기를 담고 있다. 여기서 위기와 긴장, 공포가 극대화되고, 그것들을 조성하는 미지의 존재가 괴물 같은 인간이나 아예 괴물에 해당한다면 호러 소설로 분류할 수 있을 것이다. 각각 추리·미스터리 소설이나 호러·미스터리 소설로 묶어서 부르기도 한다.

그러나 이러한 추리, 미스터리, 호러 소설은 사실 웹소설 독자들이 그리 선호하지 않는다. 각각의 이야기들은 오래 볼 수 있는 장편보다는 단편적인 성격을 가지고 있기에 웹소설보다는 한 편의 영화나 단행본에 제격이며, 무엇보다도 긴장감과 두려움 등의 감정은 엄밀하게 보자면 일종의 스트레스에 해당하기 때문이다.

앞서 누누이 강조했지만 웹소설은 어디까지나 가볍게, 맛깔나게, 간편하게 섭취(?)하는 하나의 '스낵 컬처'라고 했다. 누가 출퇴근하는 버스와 지하철에서 굳이 고구마를 먹고 싶겠는가?

1차 장르와 2차 장르

한편 1차 장르는 큰 틀에서의 판타지에 속하지만 내용에 따라서 그 하위 장르를 나누어 부르는 경우도 있다. 앞서 설명했던 중세풍의 판타지 세계를 배경으로 한 소설 역시 1차적으로 판타지 장르에 해당하지만, 2차적으로는 '정통 판타지 소설'로 구분할 수 있다.

어느 날 갑자기 하늘에서 괴물이 떨어지고 주인공이 '몬스터 헌터'가 되어 괴물들을 때려잡는 이야기라면 1차적으로는 판타지물에 해당하지만, 통상적으로 2차 장르에 해당하는 '헌터물'이라고 부른다. 마찬가지로 게임적인 요소로 인해 갑작스레 발발한 세계의 파멸이나 종말, 대재앙 등의 사태를 배경으로 한 이야기는 '아포칼립스*물'이라고 부른다. 학교나 훈련소 등을 배경으로 주인공이 선생이나 조교, 동료나 친구 등과 대립하면서 성장하는 이야기를 담은 소설은 '아카데미물'이라고 부른다.

지금까지 설명한 무협물이나 판타지물, 헌터물, 스포츠물 등에 게임 시스템에 해당하는 상태 창이 등장하는 경우도 많다. 이런 경우에는 해당 소설의 2차 장르가 게임 소설로 분류되기도 한다. 여기까지가 주로 남성 독자들이 선호하는 '남성향 소설'에 해당한다면, 여성 독자들이 선호하는 대표적인 '여성향 소설'은 대부분 로맨스 또는 로맨스 판타지 장르다.

로맨스물은 남녀 간의 사랑 이야기를 소재로 한 소설이다. 주인공

●● 신약 성경의 마지막 권 '요한 계시록'의 영어 명칭. 대중문화에서는 세계의 멸망이나 대재앙을 의미한다.

은 대부분 여성이며, '남주'와 '여주' 사이의 갈등과 긴장, 화해와 결실 등이 주요 얼개다.

로맨스 판타지물은 이러한 사랑 이야기의 배경이 판타지 세계이거나 판타지적인 소재를 사용하는 경우, 예를 들어 '남주'나 '여주' 중 어느 한쪽이 다른 종족이거나, 둘 중 하나가 귀신을 보거나 마음을 읽는 등 특별한 능력을 가진 상태에서 펼쳐지는 이야기를 일컫는다. 여기서도 마찬가지로 로맨스는 1차 장르이며, 로맨스 판타지는 2차 장르라고 할 수 있다.

그러나 사실 이러한 장르 구분은 무의미하다. 웹소설 플랫폼별로 저마다 독자들이 선호하는 장르가 있고, 거기에 따라 장르를 지칭하는 배너의 구분과 배치가 종종 달라지기 때문이다.

장르의 경계를 넘어

최근에는 여성 독자들이 남성향 소설을 선호하거나, 여성 작가가 남성향 소설을 써서 인기를 끄는 등 장르뿐 아니라, 성별의 경계를 넘어선 웹소설 시장이 형성되고 있다. 이 책에서는 아무래도 웹소설을 개론적으로 짚어가고 있다 보니 여성향보다는 남성향 소설에 대한 언급이 더 많다고 느껴질 수밖에 없을 것이다.

그러나 이것을 뒤집어서 생각하면 웹소설 작가로서 장르와 성별의 경계를 넘어서 더 넓은 시장에 도전해보는 계기도 될 수 있지 않을까? 나 역시 남성 작가로서 남성향 웹소설을 쓰고 있지만, 예전에는 '채아리'라는 이름의 여학생이 주인공인 《기억을 파는 가게》라는 청소년 소설도 썼고, 지금도 여전히 로맨스 판타지물을 기획하고 있다. 물론 그 소설의 샘플 원고가 나오면 이번에는 문피아가 아닌 카카오페이지나 네이버 정식 연재의 문을 두드려볼 생각이다.

결국 웹소설의 장르는 학자도 평론가도 아닌 독자들이 만들어가고, 독자들의 기호에 따라 수시로 바뀌거나 교차한다고 볼 수 있겠다. 그 자체로 흥미진진하지 않은가?

이 말을 다시 생각해보면 결국 웹소설의 장르 역시 작가가 만들어가고 있다는 소리다. 이전 장르의 틀에 갇히지 않고 얼마든지 새로운 장르를 만들어낼 수도 있다. 상상하는 모든 것이 곧 장르가 된다니, 이보다 더 '불순한 문학'이 어디 있을까.

●● 2014년 실천문학사 출간.

● 질문 2

당신이 선호하는 장르, 혹은 이제껏 즐겨 읽었던
소설의 장르는 무엇인가? 그것은 당신이 쓰고자 하는
웹소설의 장르와 같은가? 다르다면 그 이유는 무엇인가?
그것의 1차 장르와 2차 장르를 나눌 수 있겠는가?
당신이 쓰고자 하는 웹소설의 장르를 더 자세히 알아보고,
거기에 해당하는 인기 웹소설을 딱 세 개만 찾아서 읽어보자.
그것들을 정신없이 읽다 보면 당신이 쓰고자 하는 소설의
줄거리 역시 매직아이처럼 서서히 드러날 것이다.
그 그림을 찾는 것이 먼저다.

lesson

6

당신이 이루고자 했던 꿈은?

소재를 찾는 법

대부분의 작가들이 처음에는 웹소설을 즐겨 읽는 독자였을 것이다.

아마도 지금 이 책을 읽는 사람이라면 누구나 웹소설을 한 화씩 결제해가며 밤새운 적이 있을 것이다. 처음에는 적당히 무료 연재분만 보고 자려고 했는데, 어느 순간 주인공한테 흠뻑 동화되어 그 세계에서 벌어지는 사건이 마치 내 일처럼 느껴지기 시작하면 그때부터는 멈추기가 어려워진다. 주인공을 응원하며 다음 화, 또 다음 화를 결제하다 보면 어느덧 창밖은 훤하게 밝아 있고 출근할 시간은 점점 다가온다. 밤을 꼬박 새운 것이다. 간신히 세수를 하고 지하철에 오르면 문득 이런 생각이 들 것이다.

'나도 웹소설이나 한번 써볼까? 조금씩 준비해서 웹소설 작가로 살아볼까?'

여러 가지 복합적인 생각이 들 것이다. 재미있는 소설을 쓰면서 인

기도 얻고 돈도 벌면 얼마나 좋은가? 어떤 소설은 읽다 보면 '이 정도
쯤은 나도 쓸 수 있을 것 같다'는 생각이 든다. 학교에서 배운 문학 소
설들과 달리 문법에서도 비교적 자유로운 것 같다. 그저 내 생각을 적
당히 재미있게 풀어놓으면 될 것 같다. 생각이 여기에 이르면 곧 벽에
부딪히게 될 것이다. 바로 '소재의 벽'이다.

'그래서 뭘 쓰면 되지? 내가 무엇을 쓸 수 있지?'

소설을 읽는 중에는 다음 화가 궁금해질 때마다 나라면 이야기를
어떻게 펼쳐나갈까, 이런저런 그림을 그리게 된다. 그러나 막상 내가
직접 웹소설을 쓰려니 머릿속이 복잡해진다. 아이러니하게도 머릿속
이 까매질수록 쓰고 싶은 마음은 더 간절해진다. 나 역시 지금도 책상
앞에 앉을 때마다 머리카락을 쥐어뜯으며 되묻는다. 그래서, 무엇을
쓰면 좋을까?

당신은 누구인가?

앞 장에서 웹소설은 공상을 그럴듯하게 풀어놓은 것이며, 공상하
기를 좋아한다면 누구나 웹소설 작가의 자질을 가지고 있다고 강조했
다. 그렇다면 이 공상은 어떤 공상인가? 질문이 어렵다면 이렇게 바꿔

보자. 당신은 평소에 어떤 공상을 주로 하는가? 모든 이야기는 바로 여기서 출발한다. 다른 사람이 아닌 바로 나 자신, 내가 사는 환경, 내 직업, 내가 원하는 세계와 사람, 내가 지향하는 삶, 내가 꿈꾸는 그 모든 것들이 곧 웹소설의 소재가 된다.

모든 사람은 각자의 세상에서 주인공이며, 각자의 이야기를 써나가고 있다. 적어도 자신의 직업에 관해서는 전문성을 가지고 있을 것이고, 전문 영역이 아니라도 자신이 관심을 가진 분야에 관해서는 많은 정보를 가지고 있을 것이다. 그것이 게임이든 역사든 스포츠든 재테크든 상관없다. 단언컨대 당신의 삶에 한 가지 '마법 주문'을 첨가하면 그 삶이 곧 이야기로 현현하게 될 것이다.

그 마법 주문은 '만약if'이다.

━━━ 만약에 내가 신입사원 때로 돌아간다면?

━━━ 만약에 내가 사법고시에 합격한다면?

━━━ 만약에 내가 프로 스포츠 선수가 되었다면?

━━━ 만약에 나한테 환자의 병을 보는 눈이 생긴다면?

━━━ 만약에 내가 지금보다 더 노래를 잘 부른다면?

━━━ 만약에 내가 그 오디션에 합격했다면?

━━━ 만약에 내가 미래의 경제상황을 알 수 있다면?

━━━ 만약에 내게 범인을 알아보는 능력이 생긴다면?

한 번쯤 내가 미처 이루지 못한 앞날에 관해, 내가 염원했던 꿈에 관해 '만약의 경우'를 생각해봤을 것이다. 혼자 밥을 먹거나 잠들기 전에 그 '만약의 경우'가 꼬리에 꼬리를 물고 이어지며 눈앞에 행복한 상상을 펼쳐놓을 때가 많았을 것이다. 바로 그 '만약의 경우'에 서사를 부여할 수 있다면, 그리하여 그 이야기를 좀 더 체계적이고 생생하게 끌고 나갈 수 있다면 이미 당신은 웹소설을 쓰기 시작한 셈이다.

《신입사원 김철수》*는 회사에서 부장 진급에 실패해 정리해고를 당한 김철수 팀장이 맨홀에 빠지면서 이야기가 시작된다. 김철수는 '쿵' 소리와 함께 눈을 떴는데, 알고 보니 첫 출근을 앞둔 과거로 회귀한 것이다.

산전수전을 겪으며 평생 회사에 충성했지만 돌아온 것은 정리해고라니, 직장인들의 삶이 대부분 이와 같지 않을까? 그런 김철수가 17년간 체득한 '내공'을 가지고 다시 신입사원으로 돌아갔다니 앞으로 그가 사내에서 펼쳐나갈 이야기들이 몹시 궁금해진다.

한산이가 작가의 《열혈 닥터, 명의를 향해!》** 나 《중증외상센터 골

◖◗ 2020년 제6회 문피아 웹소설 공모대전 대상 수상작, 오정 지음
◖◗ 2017년 문피아 연재, 한산이가 지음

든아워》*는 병원에서도 근무 강도가 가장 높다는 응급의학과나 중증 외상센터에서 펼쳐지는 이야기를 담고 있다. 실제 직업이 의사로 알려진 한산이가 작가는 극한 상황에서도 굴하지 않고 환자들을 치료해나가는 의사 주인공을 통해 독자들에게 재미와 감동을 선사한다.

최근에는 좀 더 전문적인 직업의 세계에 관심을 갖는 독자가 늘어나면서 일반 직장인과 의사, 연예인, 스포츠 선수뿐 아니라 세무사, 펀드 매니저, 보험사기 조사원 등 금융 전문가의 이야기도 주목받고 있다.

특히 세무사 출신 작가가 쓴 것으로 알려진《국세청 망나니》**는 세무 공무원이 된 주인공이 탈세를 일삼는 자들을 추격하면서 정의를 구현해 나가는 이야기를 담고 있다. 누구나 한 번쯤 TV 뉴스나 시사 프로그램에서 세금을 내지 않는 권력자들의 소식을 접해보았을 것이다. 독자들은 이 작품을 통해 세무 공무원의 세계를 알아가는 재미와 동시에, 권력자들이 빼돌린 세금을 끝내 징수해내는 주인공의 모습을 통해 카타르시스를 느끼게 된다.

이렇듯 자신이 가장 잘 아는 분야에서, 자신의 경험을 소재로 삼는다면 한결 쉽게 웹소설을 연재할 수 있다. 꼭 직업이 아니라도 당신이

● 2020년부터 현재까지 네이버시리즈에서 1,000화 가까이 연재 중, 웹툰으로도 제작되고 있으며 누적 조회 수만 무려 2,670만 회에 달함
●● 2020년부터 네이버시리즈에 연재 중, 동면거북이 지음

관심을 두고 있는 분야, 당신이 가진 취미에 '만약'이라는 주문을 걸어도 좋다. 상당수 주인공이 백수이거나 곧 백수가 될 운명이라는 사실도 참고하자.

━━━ 만약에 내가 이 게임(소설) 속으로 들어간다면?
━━━ 만약에 갑자기 하늘에서 괴물들이 쏟아진다면?
━━━ 만약에 내가 조선 시대로 타임슬립을 한다면?
━━━ 만약에 나에게 미래를 보는 능력이 생긴다면?
━━━ 만약에 나에게 슈퍼맨 같은 힘이 생긴다면?
━━━ 만약에 내 눈에 상대방의 생각이 읽힌다면?
━━━ 만약에 나한테 천문학적인 돈이 생긴다면?
━━━ 만약에 내가 동물과 직접 소통할 수 있다면?

생각만으로도 신나지 않는가? 현실에서는 절제하고, 좌절하고, 끝내 포기할 수밖에 없었던 꿈들을 웹소설 속에서는 한껏 실현할 수 있다. 그렇기 때문에 독자들은 웹소설을 읽고, 상당수의 독자들이 다시 작가가 된다.

다른 이야기 장르에서는 독자에서 작가로 넘어오는 벽이 상당히 높을뿐더러 이야기를 스크린 등 매개체에 구현해낼 인력과 장치, 무엇보다 돈이 어느 정도 필요하다. 그러나 웹소설 작가는 지금 당장 인터넷 플랫폼에 첫 화를 올릴 수 있다. 공상이 이어진다면 곧바로 2, 3화를 쓸 수 있고, 독자가 어느 정도 붙는지 확인하면서 연재를 이어갈 수도, 중단할 수도 있다.

그냥 지금 당장 인터넷에서 이야기를 시작하면 된다. '만약'이라는 주문을 외울 수 있고, 거기에서 다시 소재를 뽑아낼 수만 있다면 말이다.

만약에, 당신이라면 어떤 주문을 외우겠는가?

● 질문 3

당신이 가장 잘 아는 영역, 관심을 가진 분야는 무엇인가?

직업이어도 좋고 미래의 꿈이어도 좋다.

아니, 굳이 세세히 알지는 못해도 가장 즐기거나,

즐겁게 보는 것은 무엇인가?

앞장에서 생각해본 공상에 더해 이제 그 생각의 씨앗에

'만약'이라는 물을 줄 차례다.

지금까지 살아오면서 떠올렸던 수많은 '만약' 중에서,

비교적 오랫동안 생각해왔거나,

반복적으로 떠올렸던 상황이 있다면 여기에 적어보자.

단어도 좋고 문장도 좋다. 그림도 좋다!

그 어떤 공상, 심지어 망상이라도 좋다.

바로 거기에서 당신의 소설이 시작될 것이다.

7

누가 웹소설을 읽을까?

독자에 대한 이해

웹소설에서 가장 중요한 요소는 앞에서도 강조했듯 첫째도 주인공, 둘째도 주인공, 셋째도 주인공이다. 다른 이야기 장르에서도 물론 주인공의 됨됨이가 중요하지만, 웹소설에서는 주인공이 곧 독자의 아바타다. 이 점을 명심하고 더더욱 주의해서 써야 한다.

그렇기 때문에 웹소설 작가라면 마땅히 주인공 이전에 독자는 어떤 존재인지에 대해서도 고민해봐야 한다. '독자讀者'란 누구인가? 왜 이 소설에 관심을 보이는가? 왜 독자들은 주인공의 행보에 이토록 집착하는가? 왜 독자들은 주인공의 승리에 이렇게 열광하는가?

현대사회를 살아가는 대부분의 사람들은 학교에 들어가면 가장 먼저 '참는 법'을 배운다. 특히 '동방예의지국'에 살아가는 우리 독자들은 부모로부터 "남에게 피해를 주면 안 된다"라든지 "그럴 때는 네가 참아라", "어른한테는 예의를 갖추어야 한다"라는 식의 말들을 아주

질릴 정도로 듣고 자랐다. 우리는 알게 모르게 사회에 대한 피해의식을 가지고 있으며, 자본주의 사회에서 늘 '을'로 살아왔기에 '갑'의 행태에 예민하다. 상상 속에서는 갑질하는 놈들을 수없이 두들겨 패지만, 현실에서는 반항하려 해도 그 대가가 크기에 아예 엄두도 내지 못한다. 그런 놈들은 꼭 법을 운운하며 고삐를 옥죈다. 을에게는 '법의 제제'겠지만 갑한테는 '법의 혜택'이 될 것이다. 생각만 해도 끔찍하기에, 오늘도 우리는 한숨을 쉬며 이렇게 푸념한다.

"그냥 내가 참아야지, 별수 있나?"

그렇다. 우리는 '별수'가 없기 때문에 참고 살아간다. 학교에서 '정의正義'에 대해 배웠지만 정작 정의롭게 살아가는 사람은 보기 어렵고, 위인전 속의 인물들은 '별수'가 없어도 자신을 희생해 극적인 역전을 일구어냈지만 결국 자기 삶을 포기한 셈이니 섣불리 따라 하기 어렵다. 뼈를 깎는 노력으로 '별수'를 만들어낸 인물들도 있지만 대개는 뼈를 깎아도 안 되기 마련이다.

우리는 그냥 잘살고 싶을 뿐이다. 적당히 벌고, 적당히 배부르고, 적당히 어울리며, 적당히 웃고 싶다. 하지만 언젠가부터 그렇게 적당히, 평범하게 살아가는 것이 점점 더 어려워지고 있다. 그래서 우리는, 우리 독자들은 그런 불만과 스트레스를 속으로 삭이고, 하루에도 열두 번씩 '고구마'를 꾸역꾸역 삼키며 살아내고 있다. 이쯤 되면 우리 모두에게 '사이다'가 절실해지지 않을까?

사이다와 고구마

어쩌다가 지구에 태어나서 살고 있는데, 이런 삶조차도 애써 살아
내야 한다면, 그 자체로 얼마나 각박하고 버거울까? 이번에는 당신이
사람의 마음을 읽는 능력이 있다고 가정하고 연령별 독자들의 심리
속으로 들어가 보자.

40~50대 이상의 중장년들은 산업사회를 일구며 온 힘을 다해 일
했다. 그런데 퇴직을 앞두고 사회와 가족들로부터 '뒷방 늙은이' 취급
을 받는다면 얼마나 속상할까? 한 번쯤 과거로 돌아가서 아예 차원이
다른 신화를 쓰고 싶지 않을까?

———— 젊은 시절로 돌아가서, 그간 얻은 경험치와 정보로 다시 시
　　　작해보면 어떨까?

———— 이 사회의 부조리를 뿌리 뽑으려면 어디서부터 손대야 할
　　　까? 조선 시대부터인가?

———— 만일 내가 이 길이 아닌, 다른 길을 택했다면 지금 나는 어

떤 모습으로 살아갈까?

20~30대는 성공한 선배들의 신화를 되새기며 조금이나마 안정된 삶을 위해 아등바등하고 있다. 그런데 이전 세대가 자신의 기득권을 지키는 데 급급해 사다리를 걷어차고 있다면 얼마나 화가 나고 속이 상할까? 한 번쯤 그 모든 것을 뒤집어엎고 싶지 않을까?

—— 어떻게 하면 저 '꼰대'와 '고인 물'들의 부조리한 행태에 한 방 먹일 수 있을까?
—— 만약 내가 지금부터 몇 시간 뒤에 벌어질 일들을 알 수 있다면 얼마나 좋을까?
—— 이 세계를 바꿀 수 없다면, 차라리 다른 판타지 세계에서 살아보면 어떨까?

10대도 마찬가지다. 부모와 스승은 열심히 공부하면 위대한 사람이 된다고 하는데, 어쩐지 사회가 돌아가는 모양새를 보면 확신이 서지 않는다. 게다가 부모를 잘 만난 금수저 친구들은 출발선부터가 다르다. 아예 학교를 없애거나 바꾸고 싶지 않을까?

━━━ 만약 나한테 특별한 능력이 생긴다면 선생님과 친구들이 놀
라겠지? 일진들도 날 두려워하겠지?

━━━ 만약 하늘에서 괴물들이 쏟아진다면 더 이상 학교 수업을
받지 않아도 되겠지?

━━━ 이 세계가 게임이 된다면, 그래서 상태 창과 매뉴얼이 생긴
다면 좀 더 재밌어지겠지?

당장 오늘을 살기도 버거운 현대인들에게 이런 스트레스를 풀 시간
은 물론, 방법도 마땅히 없다. 전문가들은 정기적으로 운동할 것을 권
하지만, 바쁜 일상 속에서 일주일에 한 번 시간을 내기도 어렵다. 영화
나 책을 볼 수도 있지만 적어도 한두 시간 이상 시간을 내야 하고, 기
껏 돈을 들여 영화표를 끊고 책을 샀는데 재미가 없을 때는 속이 더
상한다. 드라마는 다음 화를 보려면 일주일을 기다려야 하고, 대부분
'나'와 같은 상황 속의 이야기가 아닌 별개의 이야기가 전개된다.

대중은 굳이 많은 시간을 들이지 않아도, 철저히 내 일상과 스케줄
에 맞추어 그때그때 나의 답답함을 풀어줄 수 있는 카타르시스를 지
속적으로 원한다. 독자들은 출퇴근하거나 멀리 출장을 가면서도, 굳
이 개봉 일자나 특정 요일을 기다리지 않더라도 '지금, 여기'에서 마실
수 있는 사이다를 원한다. 그리고 내 손 안의 핸드폰과 웹소설은 바로

거기에 최적화되어 있다.

독자들은 자신의 상황과 기호에 맞는 웹소설을 찾아 읽으면서 주인공의 활약을 통해 마치 '사이코드라마'에서 역할 연기를 하듯 감정적인 해소를 느끼기도 한다. 웹소설은 본래의 오락적인 요소에 충실하면서도, 단순한 스낵 컬처 이상의 기능도 가지고 있는 셈이다. 오늘날 웹소설 시장이 급격히 성장하는 까닭이 바로 여기에 있다.

웹소설을 쓰고자 하는 작가라면 바로 이런 독자들에 대해 어느 정도 이해하고 있어야 한다. 이미 같은 독자의 입장을 겪어봤기에 그리 어렵지는 않을 것이다. 중요한 것은 이런 독자의 심리와 욕구를 기반으로 주인공의 세계와 성격, 그리고 서사를 꾸려나가는 것이다.

독자를 이해한다면 주인공을 조형하기가 쉬워진다. 적어도 아무것도 없는 상태에서 조형물을 빚어내는 식이 아닌, 기본 뼈대가 있는 상태에서 찰흙을 덧입히는 식이 될 테니까. 그럼 이제 본격적으로 주인공에 관해 알아보자.

---

psychodrama. 개인의 심리와 갈등 상황을 연기로 표현하여, 문제의 심리적 차원을 탐구하고 억압된 감정을 표출하게 하는 일종의 역할 연기role-playing.

● 질문 4

당신의 이야기를 즐겨 읽을 독자의 성별이나

연령층에 관해 생각해본 적이 있는가?

의외로 타깃 독자에 따라 웹소설의 장르나 성격이

결정되는 경우가 많다.

지금 이 순간, 당신의 공상을 바탕으로 한 이야기를

누가 즐겨 읽을까 생각해보자.

그들은 당신의 소설을 읽으며 어떤 표정을 지을까?

그리고 어디로 출근하고 있으며,

또 어떤 하루를 보내고 있을까?

독자를 생각하다 보면 어떤 소설을 써야 할지

더 선명해질 때가 많다. 당신의 소설을 즐겨 읽을

독자층에 관해 적어보자.

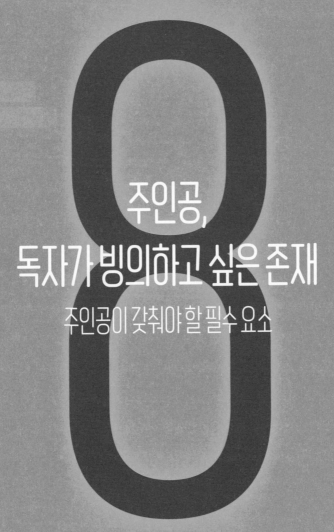

lesson

8

주인공,
독자가 빙의하고 싶은 존재

주인공이 갖춰야 할 필수 요소

주인공은 곧 독자의 아바타라고 했다. 앞장에서 독자에 대해서 알아보았으니 다시 한번 독자의 입장에서 생각해보자. 독자들은 어떤 주인공에게 자신을 투영하고 싶을까?

영화 〈아바타〉^{●●}에서는 전직 해병대원인 주인공이 판도라 행성의 나비족 아바타에 의식을 접속한다. 현실에서 그는 하반신을 움직일 수 없지만, 링크룸에서 의식을 통해 인간과 나비족의 DNA를 결합해 만든 몸체를 조정하면서 임무를 수행한다. 독자는 이 영화에서 나비족 전사의 아바타에 접속하려는 전직 해병대원 제이크와 같은 입장이다. 만약 내가 독자라면 소기의 목적을 이루기 위해 어떤 아바타에 '링크'하고 싶을까?

●● 2009년에 개봉한 제임스 캐머런 감독의 영화

나비족 전사로 거듭난 제이크는 처음에는 인간들을 위해 스파이 노릇을 하지만, 자연과 평화를 사랑하는 나비족의 모습에 점점 동화되고, 급기야 인간들로부터 나비족을 지키기 위해 영웅의 길을 걷게 된다.

독자들은 바로 당신이 쓰는 글을 통해 이야기 속의 주인공과 접속하고 싶어 한다. 주인공한테 흠뻑 빠져서 이곳이 지구인지 판도라 행성인지 분간하기 어려울 만큼 이야기 속 세계를 생생히 체험하고자 한다. 그리하여 마침내 아바타인 주인공을 통해 그곳에서 영웅이 되고자 한다. 그러기 위해서는 무엇보다 아바타, 즉 주인공과 독자의 '링크율'이 높아야 한다. 이 확률을 좌지우지하는 것이 바로 주인공의 매력이다.

주인공은 행동으로 보여준다

첫째, 주인공은 진취적이어야 한다. 주인공은 당연히 용감하면서도 적극적이며, 유머러스하고 사랑스러워야 한다.

비록 처음에는 그런 면모가 부족할지라도 어떤 계기를 통해 점차 바뀌고 성장해야 한다. 주인공은 어려운 여건 속에서도 주변 인물을 챙기며 앞으로 나아가야 하고, 그때마다 위트를 잃지 않으면서도 기지를 발휘해 난관을 헤쳐나가야 한다.

이런 모습들은 바로 우리가 일상 속에서 지향하는 인간상이기도 하다. 그러나 막상 현실에서는 이렇게 살기도 어렵고, 이렇게 살다가는 뜻하지 않은 오해를 받거나 여러 부작용이 따르기도 한다. 그래서 독자는 주인공을 통해 현실에서 실행하기 어려운 그럴듯한 도발(?)을 소설 속에서 감행하고자 한다. 특히나 웹소설의 주인공이라면 독자들의 다양한 욕구를 실현하기 위해 어떤 모험이라도 감행할 준비가 되어 있어야 한다.

예외적으로 주인공이 겉으로는 한없이 건달 같고 망나니 같을 수 있지만, 그건 어디까지나 '힘숨찐'일 때만 가능한 모습이다.

힘숨찐.

말 그대로 '힘을 숨긴 찐따'에서 파생된 용어로, 힘을 숨긴 주인공을 의미한다. 대개 적들은 힘을 숨긴 주인공을 무시하게 되고, 주인공의 실체를 아는 독자들은 벌써부터 주인공이 어떻게 적들을 요리해 나갈지 마치 자기 일처럼 기대하기 마련이다. 독자들은 주인공이 조금씩 힘을 드러내며 적들을 물리칠 때마다 카타르시스를 느끼고, 주변 사람들이 그런 주인공의 모습에 놀랄 때마다 역시 자기 일처럼 뿌듯해한다.

다시 한번 강조하지만 주인공은 주인공다워야 한다. 그렇다고 주인공의 생김새와 됨됨이 등을 지나치게 자세히 서술할 필요는 없다. 기본적인 부분만 설명하면 나머지는 독자들 스스로 자기 입맛대로 구체화하기 마련이다. 주인공은 다만 전진할 뿐이다. 만약 이야기 속에서 주인공이 우물쭈물하거나, 주변 인물들한테 휘둘린다면 독자들은 바로 하차하고 말 것이다.

주인공은 믿음을 배반하지 않는다

둘째, 주인공은 믿음직해야 한다. 주인공은 독자의 아바타이면서도 웹소설 속의 세계를 함께 여행하는 동료이기도 하다. 그렇기 때문에 독자들은 소설 초반에 주인공의 모습이 따라가도 좋은지를 유심히 살핀다. 아무리 매력적이어도 주인공이 가진 힘이 설정된 세계의 난이도에 비해 턱없이 부족하다거나, 작가가 매력을 위해 부여한 결점이 마음에 들지 않는다면 독자들은 그 소설을 따라가지 않는다. 초반부 주인공의 활약이 중요한 까닭이 바로 여기에 있다.

작가 지망생들은 보통 이 지점에서 난감해한다. 주인공이 한 세계에서 믿음직스럽게 동료들을 이끌기 위해서는 누구보다 많은 정보를 가지고 있어야 하며, 그러려면 뛰어난 머리와 신체 능력까지 갖춰야 하기 때문이다. 다른 이야기 장르에서는 주인공이 이런 능력을 갖추기까지 많은 단계를 거쳐야 하고, 작가 역시 많은 공을 들여야 한다. 단계마다 주인공은 숱한 시련과 고통을 감내해야 하며, 때로는 사랑하는 가족이나 동료를 잃기도 한다. 대의를 위해서 끝내 자신을 희생하거나 자신의 전부를 내놓기도 한다.

그러나 웹소설의 경우는 대개 이 요소를 충족시키기 위해 아예 시작부터 주인공에게 특별한 능력을 부여한다. 주인공이 앞으로 일어날 일들을 알고 있다거나, 자신이 쓴 소설 속으로 들어가서 활약한다거나, 이미 한 생애를 살면서 '만렙'을 찍어놓고 다시 과거로 돌아가거나, 역사를 연구한 현대의 주인공이 특정 시대로 타임슬립을 하는 식이다. 주인공은 어떤 상황에서도 이미 '매뉴얼'을 가지고 있으며, 시작부터 '끝판'까지 어떻게 '게임'을 풀어가야 하는지 알고 있다. 설사 앞으로 일어날 일들을 모른다고 해도 주인공은 이미 가진 어떤 경험이나 특별한 능력을 바탕으로 자신만만하게 난관을 헤쳐나간다.

웹소설의 서두에서 주인공은 바로 이런 요소들을 그럴듯하게 보여주면서 독자들에게 이렇게 어필하는 것이다.

"나만 믿고 따라오시지."

게임으로 치면 시작부터 공략집을 오픈하는 셈이다. 여타의 장르에서 서두를 이렇게 열면 이야기가 시시해지지만, 웹소설은 다르다. 오히려 이렇게 시작해야 독자들이 안정감을 느끼고, 자신의 아바타인 주인공에 대한 기대치가 더 높아져 마침내 소설 속 세계에 접속한다. 나름대로 신경 써서 아바타를 골라 판도라 행성에 접속했는데, 자신의 아바타한테 큰 결함이 있거나 행성의 지도가 없어서 우왕좌왕하다가 죽으면, 독자들 자신도 그 행성에서는 죽은 것이나 마찬가지가 된다. 물론 작가가 소설을 그런 식으로 끌고 가지는 않겠지만, 독자들은 정말 주인공의 안위(?)가 자기 일만큼이나 조마조마한 것이다. 주인공이 커다란 시련 속에서 역경을 감내하는 것 역시 그 자체로 독자에게는 고역이다.

보통의 이야기 문법에서는 사실적인 시련과 사건, 그리고 그럴듯한 적수의 등장은 재미를 배가시키는 요소다. 그러나 웹소설에서의 커다란 시련이란, 적수를 처절하게 응징할 만한 장치를 갖춘 상태에서 맞게 되는 가슴 설레는(?) 보상의 과정을 뜻한다. 시련은 어디까지나 주인공에게 성장과 보상을, 독자에게는 사이다와 만족감을 안겨주는 하나의 도구라는 점을 잊지 말자.

주인공은 충분히 보상받는다

셋째, 주인공은 독식해야 한다. 보통의 이야기는 주인공이 대개 희생적이고 남을 잘 챙기게 마련이다.

소설의 중요한 장치 중 하나로 소위 '강아지 쓰다듬기'라는 것이 있는데 주인공이 약자를 돕는 것을 뜻한다. 아마 영화나 드라마를 볼 때, 소설을 읽을 때 대부분의 이야기에서 그런 주인공의 모습을 본 적이 있을 것이다. 웹소설에서도 이 점은 비슷하지만, 반드시 한 가지가 더 수반되어야 한다. 주인공은 어떤 사건과 난관을 해결하고 얻게 된 인정과 보상을 거의 대부분 '독식'해야 한다. 결코 자신보다 먼저 남을 챙기거나 타인을 위해 조건 없는 희생을 해서는 안 된다.

이것도 마찬가지로 웹소설의 특성에서 기인한다. 독자들은 웰메이드 소설을 바라는 것이 아니다. 독자들은 자신을 주인공에게 투영해, 현실에서 이루기 어려운 신화를 써나가고 싶어 한다. 어려운 역경을 하나씩 헤쳐나가며 고구마를 꾸역꾸역 삼키기보다는 특출난 주인공의 지략과 정보, 그리고 특성으로 승승장구하고 싶어 한다. 자칫 주인공이 돈의 가치를 폄하하거나, 무소유(?)를 주장한다면 독자들은 바로 '뒤로 가기'를 누를 것이다.

주인공은 무엇이든 독차지해야 한다. 주변 인물과 나누더라도 가장 중요한 것은 주인공이, 나머지는 선심 쓰듯(?) 공유해야 한다. 행여라도 주인공이 가장 좋은 것을 주려고 해도 주변 인물들은 주인공의 대의를 강조하며 한사코 그것을 거절해야 하며, 주인공 역시 진심이 아닌 떠보는 식으로 권유해야 한다.

독자들은 주인공에 대해서만큼은 진심이다. 설사 그것이 이야기 속에서 주인공이 얻는 가상의 물건일지라도, 늘 남에게 양보하라는 소리만 듣고 자라온, 늘 사회에서 양보하기만 하고 살아온 우리 독자들은 결코 웹소설 속에서만큼은 양보하기를 원치 않는다.

어찌 됐든 주인공은 약자를 돕고, 강아지를 쓰다듬어야 한다. 그러나 그때도 단순히 주인공이 이타적이어서가 아니라, 무언가 떨어지는 보상이 있을 때여야 한다. 잊지 말자. 주인공은 보상을 바라지 않더라도, 작가는 반드시 보상을 의식하고 있어야 한다. 독자가 보상을 원하기 때문이다.

독자들은 주인공에게 주어진 보상을 마치 자기 일처럼 기뻐하기 마련이다. 그 보상을 통해 앞으로 더 재미있는 '게임'을 할 수 있기 때문이다. 게임 속 캐릭터가 착용할 아이템을 구매하듯, 독자들은 주인공의 활약을 보기 위해 다음 화를 결제할 것이다.

● 질문 5

주인공의 진취적인 기상과 리더십, 그리고 욕심(?)은
이야기의 재미와 몰입도를 좌우하면서도, 앞으로 겪게 될
사건들에 대한 기대감을 높이는 요소이기도 하다.
만약 주인공이 우유부단하거나, 다른 인물들에게
끌려간다거나, 지나치게 이타적이라면 독자들은 대부분
그 소설에서 하차하고 말 것이다. 이번 시간에는 당신의
소설 속 주인공의 성격에 대해 생각해보자.
당신의 주인공은 어떤 성격과 능력을 가지고 있는가?
그리고 그런 매력으로 인해 어떤 사람들이 주인공에게
반하거나, 반목할까?
마지막으로 당신의 소설 속 주인공의 궁극적인 목표는
무엇이고, 그 목표는 이야기의 결말을 어디까지 끌고 갈까?
주인공은 어떤 모습으로 결말을 맞이할까?
주인공에 관해 쓸 수 있다면 당신의 구상은
이미 완료된 셈이다.

9

모름지기 적敵이라면

빌런이 갖춰야 할 것들

모든 이야기에서 가장 중요한 요소는 두말할 필요 없이 주인공의 존재다. 독자들은 주인공한테 자신의 감정을 이입해서 멀고 먼 이야기의 여정을 떠나기 때문이다. 그러나 주인공 못지않게 중요한 요소가 있으니, 바로 이야기에서 주인공을 위협하는 적의 존재다.

전통적인 이야기 문법에서 대개 이런 빌런의 특성은 정해져 있었다. 그들은 주인공 못지않게 강하고, 으레 폭력적이며 때론 우스꽝스럽기까지 하다. 특히 마블 코믹스^{●●}에 등장하는 빌런들이 대표적인데, 개성이 넘치고 매력적인 인물들로 구성되어 있다. 예전에는 이러한 빌런들이 단순히 사회악을 추구하는 평면적인 악당으로만 그려졌지만, 지금은 빌런 역시 주인공 못지않게 구구절절한 사연과 세상을 위한

●● Marvel Comics. 미국의 코믹스 회사. 스파이더맨, 아이언맨, 어벤져스 등의 슈퍼히어로물을 주로 출판하여 큰 인기를 끌었다.

소명, 그리고 진정성을 갖추고 있다. 또한 주인공을 압도하는 힘을 가지고 있다. 영화 〈조커〉는 아예 배트맨의 적인 조커를 주인공으로 내세웠다. 〈어벤져스〉 시리즈에 등장하는 악당 타노스는 스스로 전 우주를 구하고자 하는 소명을 가지고 있으며, 지구의 영웅이 모인 어벤져스를 쥐락펴락하는 강력한 힘을 가지고 있다.

이제 대중은 시시한 적을 좋아하지 않는다. 빌런이 갖춘 다양한 능력은 주인공을 더욱더 돋보이게 할 뿐 아니라, 이야기의 생생함을 배가시킨다.

웹소설도 마찬가지다. 독자들은 주인공을 아바타 삼아 작가가 구축한 웹소설 세계로 머나먼 여행을 떠난다. 그런데 적이 너무 시시하거나 평면적이라면 도무지 긴장감이나 재미를 느끼지 못할 것이다. 다만 웹소설에 등장하는 빌런은 조금 다르다.

빌런이 갖춰야 할 3가지

첫째, 웹소설의 적은 생경하기보다는 익숙해야 한다. 독자들은 이야기 속 주인공한테 자신의 모습을 투영해서 카타르시스를 느끼고자 한다. 그런데 적이 지나치게 추상적이거나 강하다면 오히려 이야기를 읽어나가면서 스트레스를 받을 것이다. 여기서 말하는 강함의 정도는 말 그대로 '독자에게 고구마를 줄 정도의 강함'을 뜻한다. 웹소설 독자는 앞에서도 언급했지만 출퇴근 시간의 버스나 지하철, 친구를 기다리는 카페나 공원에서 잠깐 한숨 돌리기 위해 핸드폰을 보는 이들이다. 잠깐의 만족과 휴식을 위해 '스낵 컬처'를 입에 넣었는데 그것이 숨을 턱 막히게 한다면? 상당수 독자는 필시 다음 화를 결제하지 않을 것이다.

그러나 이야기의 몰입도를 위해 작가에 따라 적을 아주 강하게 설정할 때가 있다. 또한 각 장의 최종 보스들은 최종 보스답게 주인공을 위협할 정도의 힘을 가지고 있어야 한다. 자칫 주인공을 압도해서 독자들에게 충분히 고구마를 먹일 수도 있다는 이야기다. 이럴 땐 어떻게 하면 좋을까? 두 번째 조건에 답이 있다.

둘째, 주인공은 이미 보스를 이길 방법을 가지고 있어야 하며, 독자들 역시 그것을 진작 알고 있어야 한다. 만약 독자들이 그것을 인지하지 못한 상태에서 주인공이 당하는 이야기를 읽게 된다면 적잖은 스트레스를 받을 것이다. 말 그대로 고구마를 통째로 삼킨 채 가슴을 치게 될 것이다. 독자들은 댓글 창에 하차하겠다며 분노를 쏟아낼 것이고, "내가 이러려고 내 돈 들여가며 이 소설을 봤겠냐?"며 작가에게 항의할 수도 있다.

일반 소설의 작가라면 종이책 단행본을 통해 독자를 만날 테니 실시간으로 독자의 지적을 받을 일도 없다. 보통의 주인공은 대개 온갖 역경과 고난에 처하고, 으레 수많은 적으로부터 괴롭힘을 당하기 마련이다. 독자들은 주인공의 고통에 공감하며 눈물을 흘리거나 갈채를 보내기도 한다.

그러나 웹소설은 인간의 본성과 사회의 민낯을 직시하기 위해 보는 예술작품이 결코 아니다. 어디까지나 가벼운 오락을 즐기기 위해서 보는 게임과도 같다. 모름지기 웹소설의 주인공은 적이 강하든 말든 적을 이길 방법을 가지고 있어야 한다. 주인공이 '히든카드'를 가진 상태에서 적과 대면한다면, 독자들은 기대감에 들떠서 적이 깐죽거리는 모습조차 오히려 즐기게 될 것이다. 적이 주인공을 두들겨 패며 독자에게 아무리 고구마를 안겨줄지라도, 이미 사이다를 같이 머금고 있는 상태이기에 오히려 그 상황을 음미하며 다음 장면을 기대하게 된다.

셋째, 빌런은 주인공에게 탄복해야 한다. 주인공은 결국 적을 이길 것이고, 처음에 주인공을 무시하던 적들은 크게 놀라거나 두려워하며 주인공에게 무릎을 꿇어야 한다. 단순히 주인공이 적을 멋지게 물리치는 것에서 끝난다면 독자들은 찜찜함을 느낄 것이다. 독자는 어차피 주인공의 강함과 더불어 히든카드를 알고 있을 것이기에, 어떤 승부에서도 주인공이 이길 것은 어느 정도 알고 있다.

독자들은 주인공에게 자신의 모습을 투영하는 동시에, 일상에서 자신을 괴롭히는 사람들의 모습을 적들에게 투영한다. 독자들은 하루에도 열두 번씩 상사의 면상에 사표를 던지고 나오는 상상을 하고, 자신을 괴롭히는 일진들에게 멋지게 주먹을 날리는 모습을 상상하며, 사회를 불안하게 하거나 상대적 박탈감을 안겨주는 범죄자들을 때려잡고 죄에 걸맞은 형벌을 내리는 모습을 상상할 것이다. 당연히 웹소설의 적은 패배를 인정하며 주인공 앞에 무릎을 꿇어야 하고, 주인공의 활약에 탄복하며 경외심을 가져야 한다. 주인공이 멋지게 적을 쓰러뜨리는 내용이 사이다의 뚜껑을 따는 것과 같다면, 적이 패배를 인정하고 주변 인물들이 주인공의 능력에 탄복하는 지점이야말로 독자들이 진정으로 원하는 카타르시스, 즉 사이다를 들이켜는 대목이라는 점을 명심하자.

주인공 안에도 빌런이 있다

주인공은 게임처럼 차례로 점점 강한 적을 만날 것이며, 그때마다 성장할 것이다. 게임과 조금 다른 점이 있다면 게임에서는 주인공이 조금씩 단계적으로 성장하며 레벨을 높여간다면, 웹소설에서는 주인공이 처음부터 기하급수적으로 성장할 것이라는 점이다. 독자들은 어렵게 어렵게 적을 이기는 것을 원하지 않는다. 어느 시점에서는 압도적으로 적을 물리치고, 적들이 주인공을 두려워하길 원한다. 그렇기 때문에 무협 소설에서는 주인공이 대개 정파가 아닌 사파나 마교의 인물로 등장한다. 이름 그대로 원칙을 지키고 정의를 추구하는 문파에서는, 편법을 써가며 자신의 이득을 우선하는 문파보다 인물의 성장이 더딜 수밖에 없기 때문이다.

그런 면에서 웹소설의 주인공은 기본적으로 착한 심성을 가지고 있되, 어떤 면에서는 빌런보다 더한 빌런의 모습을 보여줄 때가 종종 있다.

평생 고구마를 먹으며, 또 참는 것을 강요당하며 살아온 독자들은 웹소설 세계에서만큼은 참는 것을 원하지 않는다. 주인공은 자신을 무시하거나 괴롭히는 적들한테만큼은 무자비해야 하며, 때로는 빌런보다 더 무섭고 공포스러운 모습으로 그들을 응징해야 한다. 보통의 소설처럼 주인공이 진정한 정의를 운운하며 적을 용서한다거나 "죄는 미워하되, 사람은 미워하지 말자"는 식의 태도를 보여준다면 장담컨대 다음 회차의 조회 수는 반 토막, 아니 반의반 토막이 나고 말 것이다.

웹소설에서 빌런은 어디까지나 주인공의 힘과 위상을 다시금 확인시켜주며 독자의 카타르시스를 배가시키는 도구라는 점을 잊지 말자.

● 질문 6

당신이 기획하고 있는 소설 속의 빌런들은 어떤 모습인가?

그리고 주인공을 어떻게 무시하고 괴롭힐 것인가?

그러다가 주인공의 진정한 힘을 목격하고는 어떤 표정을

지을까? 어떻게 주인공과 맞서다가 어떻게 쓰러지고,

종내는 어떻게 주인공에게 머리를 숙일까?

그러면서 적들은 주인공에게 뭐라고 말할까?

주인공의 성장과 활약만큼이나 독자들은 빌런의 충격과

승복을 기대한다. 지금까지 강조한 것들을

찬찬히 떠올리며 빌런에 대해 적어보자.

10

주인공 주변에는 누가 있을까?

조력자와 주변 인물들

주인공이 급격히 성장할 때, 적들 역시 가만히 있지 않을 것이다. 그들 역시 빠르게 강해질 것이고, 그들의 보스는 이미 주인공보다 몇 배 더 강할 수도 있다. 자칫 파워 밸런스가 무너질 수도 있다는 뜻이다. 이런 경우에는 주인공의 주변 인물들을 통해 밸런스를 맞출 수 있다.

이야기의 초반에는 주인공의 성장을 도와주는 조력자가 반드시 등장해야 한다. 조력자는 주인공의 조상일 수도 있고, 그 세계의 원로나 스승, 혹은 이계異界의 존재일 수도 있다. 아니면 이야기의 초반에 주인공과 싸웠던 적수였거나, 결국 팀에 합류한 까칠한 형일 수도 있다.

그들은 주인공이 그 세계에서 월등히 성장할 수 있게 도움을 줄 것이며, 때로는 특별한 능력이나 정보를 부여할 것이다. 주인공이 위기에 처하거나 강력한 적수에게 위협을 당할 때도 적절한 시점에 나타나 도움을 줄 것이며, 때로는 부득이하게 희생당할 수도 있을 것이다. 중요한 것은 어떤 역할을 하든 조력자는 주인공을 돋보이게 하는 동시에, 빌런을 반드시 물리쳐야 하는 명분을 제공한다는 점이다. 주인공은 이러한 조력자를 통해 더욱 매력적인 존재로 거듭날 것이며, 이야기의 몰입도를 배가시킬 것이다.

이러한 조력자는 멘토와 동료로 구분할 수 있는데, 앞서 설명한 조력자가 멘토에 해당한다면 동료는 이야기에서 주인공의 약점을 보완하고, 때로는 감초 역할을 하면서 극의 풍미를 더해주는 역할을 한다. 이들은 수다쟁이 친구일 수도 있고, 불을 무서워하는 용일 수도 있으며, 시종이나 머슴으로 등장하기도 한다.

주변 인물의 비중

조력자 중 멘토는 한 명, 동료는 대여섯 명 이내가 적당하다. 더 많아지면 내용이 산만해지고, 적어지면 주인공 혼자 감당해야 할 일들이 늘어나기에 개연성이 떨어질 수 있다. 물론 각각의 장르에 따라 편차가 커질 수도 있다. 내가 쓰고 있는 대체역사 소설의 경우에는 정치가 곧 사람의 마음을 얻는 일이기에 주인공의 세력이 커질수록 동료가 늘어날 수밖에 없는 구조다.

그러나 이 경우에도 핵심 측근은 다섯 손가락에 꼽을 정도로 한정되어야 한다. 결국 웹소설 속에서 동료란 주인공이 이룬 업적을 나눠먹는 존재이기 때문이다. 아이러니하게도 주인공이 동료를 아끼거나, 각 미션에서 동료들의 기여도가 클수록 주인공의 성장은 더딜 수밖에 없다.

남성향 소설의 독자들이 히로인[*]의 존재에 예민한 경우도 바로 이 때문이다. 자칫 주인공이 히로인에게 혹하여 우물쭈물하거나 조금이라도 휘둘리는 모습을 보인다면 여지없이 독자들의 푸념을 듣게 된다. 이것은 여성향 로맨스물에서 여주가 자신의 친구를 위해 사랑하는 남주를 포기하는 것과 같은 맥락이라고도 볼 수 있다.

세상에, 그게 말이나 되는 소린가? 빌런과의 파워 밸런스를 맞추는 것만큼 동료들과의 업적 밸런스를 맞추는 일도 무척 중요하다. 그래서, 몇 대 몇으로 나누냐고? 5:5? 6:4? 7:3? 아직도 멀었다. 8:2… 설마 9:1? 아직이다. 10:0은 말이 안 된다고? 그렇다.

정답은 9.9:0.1이다. 너무 쪼잔하다고? 동료들에게 돌아가는 '0.1'을 후하게 그리는 것 또한 웹소설 작가의 능력이다. 이것이 가능한 까닭은 동료들이 대개 그 직업이나 분야에서 어느 정도 완성형에 가까

•• heroine. 본래 영웅을 뜻하는 '히어로hero'의 여성형 단어로, 여성 영웅을 의미하지만, 남성향 웹소설에서는 남자 주인공이 사랑하는 여성 주인공을 일컫는다.

운 상태에서 합류할 것이기 때문이다. 작가는 적절한 시점에 동료라는 카드를 오픈해 주인공을 돕게 할 것이고, 그때마다 동료들은 히든 카드로서 맡은 바 사명을 다할 것이다.

몇몇 개성 있는 조력자들은 주인공과의 '케미●●'를 보여주며 독자의 마음을 사로잡을 것이다. 대부분의 작가들은 주인공의 활약에 모든 에너지를 쏟기에, 사실 주변 인물들까지 신경 쓸 여력이 없다. 물론 주인공에 대한 집중력이 곧 웹소설의 성패를 좌우한다. 그러나 작가가 주변 인물들까지 생생하게 보여주고, 그들을 통해 주인공을 더욱 돋보이게 할 수 있다면 조회 수는 더욱 늘어날 것이다.

●● 화학반응을 가리키는 케미스트리에서 따온 말로 사람들 사이의 조화나 주고받는 호흡을 이르는 말.

● 질문 7

당신이 쓰고자 하는 소설에는 어떤 인물들이 등장하는가?

지금부터 그들의 모습을 찬찬히 떠올리며,

그들이 걸어오는 말들에 귀를 기울여보자.

누가 주인공을, 어떻게 도와주고자 하는가?

그는 어떤 정보를 가지고 있는가?

주인공에게 어떤 능력을 주고자 하는가?

또 누가 주인공의 도움을 필요로 하는가?

주인공은 그들을 어디에서, 어떻게 만나게 될까?

그들은 처음에 적으로 등장할까?

아니면 주인공의 가족이나 친구로 등장할까?

어떤 능력을 가지고 있고, 언제, 어떻게 주인공에게

도움을 주게 될까?

애써 떠올리려 하지 말고, 천천히, 찬찬히

그들의 속삭임에 귀를 기울이자.

머지않아 그들은 당신에게 먼저 말을 걸어올 것이다.

11

당신의 이야기를
한 줄로 요약하면?

로그라인과 시놉시스 짜기

혹시 누군가가 당신이 쓰고자 하는 이야기에 관해 물어온다면 당신은 뭐라고 답하겠는가? 그 소설에 관해 설명할 때 시간이 얼마나 필요할까? 다시 묻겠다. 당신의 이야기를 지금 당장 한두 줄로, 아니 단 한 문장으로 설명해줄 수 있겠는가? 딱 10초의 시간을 주겠다.

이제 말할 수 있겠는가?

사실 스토리 업계에 종사하는 전문가들은 작가들에게 긴 설명을 요구하지 않는다. 각종 이야기 공모전에서 시나리오나 소설 등의 작품을 심사할 때도 심사위원들은 개개의 작품을 검토하는 데 긴 시간을 들이지 않는다. 처지를 바꿔놓고 생각하면 간단하다. 한 사람당 수백 편의 작품을 제한된 시간에 검토해야 하는데, 한 작품 한 작품을 전부 읽는 게 과연 가능할까? 같은 이유를 들어 몇몇 습작생들은 이렇게 말한다.

"이번 공모전에 수천 편이 투고되었다는데, 내 글을 제대로 읽기나 할까? 끝까지 읽어주기만 한다면 내 글의 가치를 알게 될 텐데…"

일리는 있지만 잘못된 접근이다. 전문가들은 로그라인만 봐도 좋은 작품인지 아닌지 단번에 알아본다. 일단 로그라인과 시놉시스만 보고 추려놓은 소수의 작품을 나중에 꼼꼼히 읽어본다는 이야기다.

몇몇 사람들은 또 이렇게 말한다.

"공모전은 심사위원 취향이 반영되니 어느 정도 운이 좋아야 한다."

이 역시 맞는 이야기다. 그러나 일단 심사위원들이 취향대로 심사하려면, 선별된 소수의 작품 안에 들어가야 한다. 신인들은 자신이 할 수 있는 모든 노력을 기울여 좋은 글을 써야 한다. '운도 실력이다'라는 말의 기저에는 이런 사정이 있다는 것을 기억하자.

로그라인에 들어가야 할 4가지

로그라인이란 '이야기의 방향을 설명하는 한 문장'을 뜻한다. 서두에 내가 했던 질문이 바로 로그라인에 관해 묻는 것이었다. 내 소설의 로그라인은 무엇일까?

나는 처음 《조선 해양왕》을 기획하고 있을 때, 누군가가 소설에 관해 묻자 이렇게 대답했다.

"현재를 살아가는 선박 기술자가 어느 날 이러이러한 사정으로 위기에 처하게 되고, 급기야 추격을 당하더니 그만 조선 시대로 가게 되고, 소현세자의 몸으로 깨어나서 정묘호란의 한가운데로 뛰어들더니…"

한 문장으로 설명하라고 해서 중간에 매듭을 짓지 않았을 뿐, 벌써 여러 문장을 이어붙여 중언부언하는 모습을 볼 수 있다. 아직 소설을 연재할 준비가 되지 않은 것이다.

어떤 사람들은 이렇게 반문할 것이다.

"웹소설은 초장편이라고 하지 않았습니까? 일반 단행본도 아니고, 그걸 한 문장으로 어떻게 다 표현합니까?"

여기에 대해 답하기에 앞서 영화 〈어벤져스〉의 로그라인에 대해 짚고 넘어가 보자. 〈어벤져스〉의 로그라인은 어떻게 볼 수 있을까?

- 영웅들이 지구를 구하는 이야기.
- 지구의 영웅들이 힘을 합쳐서 싸우는 이야기.
- 우주의 질서를 지킨답시고 인구를 반으로 줄이려는 타노스에 맞서는 이야기.

어떤 이들은 이렇게 답할지도 모르겠다.

━━ 마블 시리즈의 영웅들이 힘을 합쳐서 타노스와 싸우는 이
야기.

━━ 아이언맨, 토르, 스파이더맨 등이 지구를 지키는 이야기.

사실 모두 맞는 말이다. 그러나 대중이 마블 시리즈를 잘 알고 있어
서 비교적 이해가 쉬울 뿐이지, 아직은 많이 부족하다.

그렇다면 우리나라 영화 〈베테랑〉은 어떨까?

━━ 형사가 재벌 3세의 만행을 까발리는 이야기.

━━ 형사 수사물 겸 액션물 겸 재벌 잡는 이야기.

역시 다 맞는 말이다. 그러나 이 역시 부족하다. 이번에는 너무도 유
명한 공포영화 〈조스〉를 보자.

━━ 어느 날, 사람들이 해변에 나타난 상어를 잡는 이야기.

━━ 식인 상어를 때려잡는 이야기.

이쯤에서 슬슬 이러한 설명으로는 뭔가 아쉽다는 생각이 들 것이다. 그렇다. 로그라인에는 다음과 같이 반드시 수반되어야 할 요소가 있다.

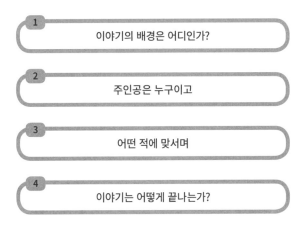

1 이야기의 배경은 어디인가?

2 주인공은 누구이고

3 어떤 적에 맞서며

4 이야기는 어떻게 끝나는가?

이야기를 구성하는 네 가지 필수 요소, 즉 주인공, 적수, 배경, 결말이 한 문장 안에 적절히 들어가야 한다. 이것들을 단 한 문장 안에 보여줄 수 있다면, 그 작가는 이미 자신의 이야기를 확실히 장악하고 있는 것이나 마찬가지다. 그 로그라인을 읽는 누구라도 자연스레 시선이 시놉시스로 이어질 것이다.

그렇다면 이 네 가지가 포함된 로그라인들을 다시 살펴보자.

━━ 〈조스〉 : 해안 마을에 나타난 식인 상어를 물리치기 위해 싸우는 경찰서장 이야기.

━━ 〈어벤져스〉 : 지구를 멸하려는 외계의 적들에 맞서 싸우는 영웅들의 이야기.

━━ 〈베테랑〉 : 물불을 가리지 않는 광역수사대 형사가 망나니 재벌 3세의 악행을 밝히려고 싸우는 이야기.

이제 로그라인의 뼈대가 보이는가? 좋은 로그라인에는 이렇듯 작품의 주요 얼개가 들어가 있으며, 단 한 줄로 이야기의 기승전결을 보여주기도 한다. 사실 모든 이야기는 주인공이 적에 맞서 싸우는 이야기다. 주인공과 적수, 배경이 적절히 드러나면 결말 또한 어렵지 않게 짐작할 수 있다.

좋은 로그라인에는 이러한 배경에 한 가지가 더 추가된다. 바로 역설적인 상황이다.

━━ 〈로미오와 줄리엣〉: 원수 사이인 이탈리아의 명문 몬터규가의 아들 로미오와 캐풀렛가의 딸 줄리엣의 운명을 거스르는 사랑 이야기.

━━ 〈아바타〉 : 자원 확보를 위해 판도라 행성을 치려는 전직 해

병대원이 거꾸로 나비족의 영웅이 되어 인간에 맞서는 이야기.

〈로미오와 줄리엣〉은 두 남녀의 사랑 이야기다. 단순한 사랑 이야기라면 크게 흥미가 생기지 않을 수도 있다. 그러나 '사랑하는 사이'에 '원수 사이'라는 역설적인 상황이 추가된다면 어떨까?

〈아바타〉에서 전직 해병대원은 본래 지구의 자원 문제를 해결하기 위해 판도라 행성에 침투하는 임무를 맡는다. 그러나 그는 정작 아바타를 통해 나비족의 몸으로 살아가면서 그들의 삶에 깊이 동화된다. 그리고 이제 거꾸로 원주민을 해치려는 인간에 맞서게 된다. 과연 어떤 일이 벌어질까?

내가 《조선 해양왕》의 로그라인을 쓸 때도 이런 역설적인 상황에 주목했다.

───《조선 해양왕》: 대기업의 갑질에 희생된 현대의 선박 기술자가 세계사의 소용돌이에 휘말린 17세기 조선으로 회귀해 열강들과 맞서는 이야기.

대체역사 소설을 좋아하는 독자라면 17세기 조선을 둘러싼 동아시아와 국제 정세가 어떤지 잘 알고 있을 것이다. 만주족이 세운 청나라는 한족의 명나라와 대립하며 조선의 숨통을 옥죄고 있고, 명나라 역시 조선에 갑질을 일삼으며 청나라에 대항하고 있었다. 두 나라 사이에 낀 조선은 분열되어 내홍을 겪고 있는데, 왜는 한창 은과 도자기를 바탕으로 서양과 교류하며 바지런히 앞서나갔다.

은광석에서 은을 추출하는 기술인 연은 분리법은 사실 연산군 때 조선에서 발명된 기술이지만, 공교롭게도 열도로 건너가서 일본의 은 생산량을 크게 높였다. 게다가 임진왜란 때 왜에 납치된 조선의 도공들은 일본의 도자기 산업을 일으켰다. 이런 은과 도자기는 대항해시대 서양인들의 탐험을 촉진시키고, 일본의 문물을 발전시키는 데 지대한 영향을 미쳤다. 이후 동아시아 정세와 세계사가 어떻게 바뀌는지는 모두 잘 알고 있을 것이다.

사실 청나라는 본래 조선의 눈치를 보던 변방의 여진족에서 비롯되었고, 왜 역시 조선의 앞선 문화를 갈구하던 바다 건너 섬나라에 불과했다. 그런데 과연 무엇이 게임체인저*가 되어 청과 왜를 강대국으로 만들고, 조선을 식민지로 전락시켰을까? 나는 이러한 결과가 나비효과처럼 아주 작은 차이에서 기인했다고 믿었다. 그래서 현대의 선박

●● game changer. 어떤 일이나 시장의 판도를 뒤집는 데 결정적인 역할을 한 인물이나 사건, 제품 등을 일컫는 말이다.

기술자를 17세기 조선으로 보내 다시 날갯짓하게 만들었다.

역사를 잘 모르는 사람이라면 이런 사정을 다 이해하지 못하겠지만, 그렇더라도 미래의 선박 기술자가 17세기 조선으로 회귀한다고 하면 독자들의 머릿속에도 주인공이 게임체인저가 되어 활약하는 모습이 충분히 그려질 것이다.

이렇듯 좋은 로그라인은 단 한 줄로 그 작품의 얼개를 보여주면서도, 작품을 보고 싶게 만들고 궁금하게 만드는 역할을 한다. 그렇기 때문에 전문가들은 로그라인만 보고도 그 작품의 대강을 파악할 수 있고, 단 한 문장을 보고 본문을 읽을지 말지를 판단한다.

이런 내막(?)을 이해한다면 로그라인을 대하는 자세가 좀 더 달라질 것이다. 만약 당신이 생각하는 줄거리를 이런 로그라인으로 표현할 수 없다면, 아직 여러 가지 요소가 부족하다는 뜻이니 앞으로 돌아가서 장르와 소재, 등장인물들을 다시 고민해야 한다.

일단 로그라인이 잡히면 이미 주인공과 적수, 배경과 결말이 구상되었을 것이기에 시놉시스 쓰기도 한결 수월해진다. 다음 단계로 기승전결, 혹은 '처음 → 중간 → 끝'이 잘 드러나게 당신의 이야기를 한두 페이지로 요약해보자.

시놉시스 쓰기

시놉시스란 이야기의 간단한 줄거리 또는 개요를 뜻한다. 공모전에 따라서는 10장 내외의 시놉시스를 요구하기도 하는데, 처음에는 로그라인처럼 단 한 페이지, 즉 '원 페이지'로 요약해보는 것을 추천한다. 스스로 시놉시스를 원 페이지로 요약해보면, 자신의 이야기를 좀 더 객관적으로 돌아볼 수 있기 때문이다. 또한 이 이야기를 계속 기획하고 취재하고 확장해 나갈지, 아니면 과감히 접고 다른 이야기를 개발할지 결정하는 데도 좋은 기준점이 되어줄 것이다.

시놉시스를 간단한 개요 형식으로 짜기도 하지만, 내 경우에는 아이디어를 최대한 끌어내기 위해 줄거리 형식으로 길게 써 내려가는 편이다.

이러한 시놉시스는 작가에게 지도나 마찬가지다. 연재하다가 막막해지거나 주인공을 어디로 보내야 할지 헷갈릴 때, 나는 다시금 시놉시스를 꺼내서 주인공이 가야 할 길을 확인한다. 판타지 세계 속의 주인공에게도 맵map이 필요하지만, 작가에게도 맵이 있어야 한다. 시놉시스는 작가가 연재 중에 벽에 부딪힐 때, 그것을 벗어날 수 있게 해주는 하나의 발판이 되어줄 것이다.

《조선 해양왕》의 시놉시스를 간단히 소개하면 다음과 같다.

[1부]

조선업계의 불황으로 마흔에 명예퇴직을 당한 선박 기술자 이정훈. 작은 부품업체를 차리지만, 대기업에 핵심 기술이 담긴 정보를 빼앗길 위기에 처한다. 정훈은 급기야 추적자에 의해 쫓기게 되고, 격투 끝에 죽임을 당한다.

하지만 정훈은 알 수 없는 힘으로 1627년, 정묘호란이 일어나기 직전의 조선으로 회귀한 것도 모자라, 인조의 맏아들 열여섯의 소현세자가 되어 있었다.

'소현세자라면 1636년에 병자호란이 일어났을 때, 청나라에 볼모로 잡혀가서 서양 문물을 추종하다 인조의 눈 밖에 나서 독살된 비운의 왕세자?'

대학교 때 역사 과목을 부전공하기도 했던 정훈은 어떻게든 이 상황을 극복하고자, 자신이 가진 역사 지식을 총동원하여 난국을 헤쳐나간다.

곧 정묘호란이 시작된다. 김자점을 비롯한 일파는 정훈을 견제하지만, 이괄의 잔당, 광해의 잔존 세력, 어둠의 상단 등 몇몇 세력들은 정훈의 매력에 빠져들고, 의도치 않게 정훈의 힘은 점점 커져만 간다.

정훈은 한발 더 나아가 자신의 주특기인 선박설계 능력을 활용하여 임진왜란 후 흩어진 해군 세력, 비거飛車를 만들어 하늘을 날았다는 정평구의 공군력(?), 조총 최정예부대 등을 속속 흡수하며 최강의 함대를 갖춘다.

또한 명나라의 골칫거리이자, 조선의 철산 앞바다에 주둔한 가도의 장수 겸 해적(?) 모문룡을 잡아 명나라의 장수 원숭환에게 보낸다. 모문룡의 잔당은 해군으로 흡수한다.

원숭환에게는 훗날 청나라와 명나라로부터 닥칠 위험을 사전에 알려주고, 그때 조선으로 귀화한다면 삼도수군통제사를 맡기겠다고 말해두지만, 원숭환은 거절한다. 하지만 훗날 청나라의 잔꾀에 명 조정으로부터 탄핵을 받아 죽음의 위기에 처한 원숭환은 정훈의 해군이 집결해 있는 가도로 망명한다.

1627년 정묘호란을 '무승부'로 만든 정훈은 이후 조정이 정상화되자, 정묘호란을 승리로 이끌지 못한 죄를 스스로 묻고자 석고대죄를 하며 폐세자를 시켜줄 것을 청한다. 인조는 한발 앞선 소현의 행동에 외려 눈물을 흘리며 아들을 끌어안는다.

한편 이를 계기로 백성들에 대한 소현세자(정훈)의 명망은 높아져 가고, 김자점을 비롯한 반정 일등 공신들과 서인 세력은 정훈을 더욱 견제하기 시작한다.

… (중략) …

아들인 태종 이방원에 의해 쫓겨나다시피 함흥으로 간 태조 이성계처럼 인조는 마치 자신이 점점 '뒷방 노인네'로 전락하는 것을 느끼는데, 이때 김 자점이 은밀하게 인조를 구슬려 정훈을 밀어낼 계획을 말한다. 불안해하던 인조는 이에 흔쾌히 동의한다.

한편 정훈은 이러한 정황을 예견하고, 왕족의 요리를 담당하는 사옹원 소속 숙수들을 전란에서 자신이 구제해준 백성들로 채워놓아 만약의 상황을 대비한다.

때마침 정훈은 일본으로 항해 도중 풍랑을 만나 제주도에 표류해온 네덜란드인 벨테브레(박연)를 만나고, 벨테브레까지 영입하면서 '서인도주식회사'를 만든다.

[2부]

정훈은 곧 나가사키를 조선에 복속시키고, 왜란 전후로 일본에 납치된 도자기 장인, 그중에서도 명망 높은 사기장 이삼평을 데려와서 서양에서 최고의 상품으로 인정받는 백자를 만들기 시작한다.

일본은 자국에서 나온 은과 더불어 조선의 도공들이 만든 백자를 통해 서양과의 무역을 통해 막대한 부를 축적할 수 있었고, 이것이 일본 근대를 여는 기틀이 되어준 것을 알기에 정훈은 일찌감치 도공들을 회수할 뿐 아니라, 조선에서도 금광과 은광을 개발하기 시작한다.

이후 은밀하게 막대한 금은을 축적한 정훈은, 자신이 만든 상단의 행수를 네덜란드로 보내 네덜란드 동인도회사의 대주주가 되어 동양척식회사를 자신의 자회사로 만들고, '튤립 투기'를 미리 알고 뛰어들어 천문학적인 은을 확보하면서 유럽의 상업계에 거물로 자리매김한다.

··· (중략) ···

또한 명나라에 선교하러 왔다가 청나라 대신에 임명되기도 한 독일인 선교사 아담 샬을 만나. 직접적으로 서양의 과학기술과 천문서적, 천구의 등을 수입하고, 유럽의 사정을 파악하며 상권을 점점 늘려간다.

[3부]

정훈은 예상보다 일찍 조선으로 돌아가게 되고, 머지않아 인조는 소용 조씨의 제안으로 의원 이형익을 정훈의 처소에 들여보내 독살을 시도한다. 이를 미리 알고 있던 정훈은 이형익을 잡아 문초하고, 그가 소용 조씨의 사주를 받았음을 실토하게 한다.

정훈은 오랜 시간 준비한 대로 소용 조씨에게 사약을 내리게 인조를 압박하고, 그간 키워온 육해공 전력을 궁 앞에 집결시켜 인조를 위협한다. 마침내 인조는 왕위를 내려놓고 이성계처럼 함흥으로 들어가 버린다. 하지만 정훈은 곧바로 왕으로 등극하지 않고, 이방원이 형에게 잠시 왕위를 물려준 것처럼 동생 봉림에게 그 자리를 물려준다.

봉림은 언제고 형님에게 다시 이 자리를 드릴 것이며, 그때까지 격구만 치겠다고 말한다. 이는 이방원의 형 정종이 했던 대로 죽은 듯이 엎드려 있겠다는 선언이었지만, 정훈은 자신은 다시 왕이 될 생각 없으니 최선을 다해 백성들을 다스리되, 다만 자신의 의견에 귀를 잘 기울이라고만 말해 둔다.

정훈은 조선의 왕 대신 정식으로 '서인도주식회사'의 대표이자 '대한'의 대군주로 취임한다. 박연, 김충선 등과 함께 아우인 효종의 지원을 받아 일본을 정복 및 개항시키고, 간도의 동북 3성 땅을 수복한다. 또 이자성의 순나라와 연합해 청의 세력을 견제한다.

곧 증기선을 발명한 정훈은 근대적 대포와 수석총 등으로 무장한 막강한 해군력을 갖추고, 마침내 청나라로 진군한다.

지금 돌아보면 참으로 조악하지만, 나는 처음에 약 10쪽 내외의 시놉시스를 준비하면서 여기에 소개한 줄거리 외에 예상 분량과 연재

주기, 그리고 나라별 인물 소개까지 빼곡히 채워 넣었다. 그러나 이렇게 하려면 품이 너무 많이 들어가기에, 여기 축약해서 선보인 것처럼 약 두세 쪽 정도의 줄거리만 써놓아도 큰 도움이 될 것이다. 그 덕분에 나는 다음 이야기나 아이디어가 떠오르지 않아서 고민하는 시간을 상당 부분 줄일 수 있었다.

여담이지만 나는 시놉시스를 이렇게 꼼꼼히 준비했음에도 내 이야기는 시놉시스대로 연재되지는 않았다. 뒤에서 상세히 설명하겠지만, 웹소설은 독자와의 교감을 통해 빚어지는 '인터랙션'[*] 스토리텔링이라고 할 수 있기에, 줄거리가 수정될 가능성이 다분하고 어떤 지점에서는 필히 수정된다. 그럼에도 시놉시스를 써두면 작가가 이야기의 중심을 가지고 연재를 끝까지 이끌어나갈 수 있다. 어떤 지점에서는 시놉시스를 바탕으로 더 좋은 아이디어가 떠오르기도 한다. 독자들이 아무리 다른 방향의 이야기를 원해도, 작가가 큰 틀에서 이야기의 결말을 알고 있고, 결국 그것이 더 재미있다는 데 자신이 있다면 일부 악플에도 흔들리지 않고 주인공의 행보를 그려나갈 수도 있다.

[*] interaction. 둘 이상의 대상이 서로 영향을 주고받는 것을 폭넓게 이르는 말. 쌍방향성과 실시간성이 주된 특징이다.

시놉시스가 보여주는 것

시놉시스는 결국 작가에게 자기 자신과의 약속인 셈이다. 그래서 사실 로그라인과 시놉시스만 봐도, 심사위원이나 PD들은 그 작품의 재미를 꿰뚫어 본다. 더불어 작가의 태도 역시 알 수 있다.

'아, 이 작가는 자기 이야기에 대한 확신이 있구나.'

'이 작가는 스토리텔링에 능하구나.'

이러한 생각은 다시 이러한 생각을 부른다.

'이 작가의 작품을 좀 더 읽어보고 싶다.'

모름지기 작가라면 한 작품으로 승부를 낼 수는 없다. 공모전에 당선되거나 신인 작가로 데뷔하는 것 역시 어디까지나 출발선을 끊은 것에 불과하다. 지금부터 한없이 뒤로 처질지, 중간에 기권할지, 처음부터 치고 나가다가 점점 느려질지, 아니면 처음에는 조금 더뎌도 끝까지 속도를 잃지 않고 완주할지는 한 작품으로 단정할 수 없다.

그러나 적어도 한 작품에 임하는 태도를 보면 얼추 짐작할 수는 있다. 많은 사람들은 말한다. 공모전은 결국 운이라고. 나 역시 그렇게 생각한다. 그러나 나는 그것을 좀 더 다르게 표현하고 싶다.

태도가 운을 좌우한다고. 작가가 되려면 실력을 키우기 전에 작가다운 습관을 들여야 한다고. 그 습관이 계속되면 반드시 실력이 붙고,

어느 시점에서는 보너스처럼 운도 더해진다고. 그것이야말로 작가 세계의 진정한 비밀이라고.

이 비밀을 이해한다면 로그라인과 시놉시스를 쓰는 자세부터 달라질 거라 믿는다.

● 질문 8

당신의 이야기를 단 한 줄로 요약하라.

lesson

12

이야기를
어떻게 시작하면 좋을까?
1, 2화가 승부를 가른다

사실상 웹소설의 성패는 1, 2화에서 갈린다.

독자들은 보통 자신이 선호하는 장르에서 먼저 제목과 소개를 보고, 다음으로 1화를 클릭해서 쓱 훑어본다. 여기까지 걸리는 시간은 불과 수초. 바쁜 일상을 살아가는 현대인들에게, 그것도 웹소설이라는 스낵 컬처를 소비하는 데 불과 몇 분밖에 할애할 수 없는 독자들에게 작가는 어떻게든 1, 2화 안에 강렬하고도 특별한 인상을 주어야 한다. 대개의 소설은 벌써 여기서 전개가 예상되고, 이야기의 패턴이 엿보인다.

오랜 시간 웹소설을 읽어온 독자들은 도입부만 보고도 그 소설을 읽을지 말지를 어느 정도 가늠한다. 그리고 일정 부분 조건이 충족되면 선호작으로 지정해둔다. 그러나 기회는 오로지 1, 2화뿐이다. 말이 1, 2화지 그중에 대부분은 1화의 첫 문장, 첫 문단을 다 읽기도 전에

'뒤로 가기'를 누르고 말 것이다.

잠시나마 독자를 잡아두는 데 성공했다면, 1화가 끝나기 전에 독자가 흥미를 느끼고, 2화가 끝나기 전에 주인공한테 빠지게 만들어야 한다. 일단 독자들이 소설 속 아바타, 즉 주인공한테 링크하게 된다면 앞으로 주인공이 엉뚱하게 행동하지 않는 이상 결코 하차하기가 쉽지 않을 것이다. 그렇다면 웹소설의 서두는 어떻게 써야 할까?

성공하는 1화의 법칙

도입부인 1, 2화에는 반드시 다음의 세 가지 요소가 들어가야 한다.

첫째, 주인공이 누구이며 어떻게 '회/빙/환'**을 통해 이야기의 배경이 되는 세계로 들어갈지를 보여주어야 한다. 이 내용은 장르마다 사실상 패턴이 정해져 있다고 해도 과언이 아니다.

판타지 소설이라면 현대를 사는 주인공이 어떤 계기로 판타지 세계의 귀공자나 서자로 빙의할 것이고, 무협 소설이라면 특정 무술 가문의 망나니 아들이나, 문파도 갖추지 못한 집안의 서자로 빙의할 수도

**웹소설의 서두에서 주인공을 본격적인 무대로 보내기 위해 으레 통용되는 주인공의 '회귀', '빙의', '환생'을 일컫는 용어.

있다. 대체역사 소설이라면 현대의 주인공이 고려 시대나 조선 시대, 혹은 중국의 삼국 시대로 회귀해서 우리가 익히 아는 인물에 빙의할 수도 있고, 아예 제3의 인물로 환생할 수도 있을 것이다. 스포츠 소설이라면 은퇴를 앞둔 선수가 지금 가진 정보와 능력을 고스란히 가진 상태에서 고등학교 시절로 회귀하게 될 것이다.

어떻게 보면 뻔한 이야기고, 지나치게 작위적인 설정이라고도 볼 수 있겠다. 그러나 앞에서도 거듭 설명했지만 웹소설의 독자는 지금 이 순간에도 치열한 삶의 현장에서 잠시나마 현실을 잊고 공상 속으로 빠져들고 싶어 한다는 점을 잊지 말아야 한다.

독자들은 주인공을 통해 이루지 못했던 꿈을 이루고 싶어 하고, 미처 시도해보지 못한 삶을 살고 싶어 하며, 차마 상상도 못 했던 세상에서 마음껏 활약하고 싶어한다. 보통의 소설들처럼 온갖 역경을 이겨내며 어렵게 어렵게 성장하는 게 아니라, 처음부터 모든 정보를 가진 상태에서, 아예 처음부터 특별한 능력을 가진 상태에서 활개를 치고 싶어 한다. 그러기 위해서는 '회/빙/환'이야말로 가장 안전하고 확실한 장치라고 할 수 있다. 장르별로 이 '회/빙/환'을 얼마나 그럴듯하고 재미있게 보여주는지에 따라 유입되는 독자들의 수가 갈린다. 비록 초보 작가들은 뒷심이 부족한 탓에 뒤로 갈수록 연독률**이 급격히

●● 독자들이 지금 연재되는 소설을 계속 읽어나가는 정도를 수치화한 것.

떨어지는 경우도 많지만, 어찌 됐든 유입되는 독자 수가 많으니 전체적으로 조회 수는 상향 평준화될 것이다.

둘째, 단 1화 안에 독자가 주인공한테 매력을 느껴야 한다. 가능하다면 주인공을 사랑하게 만들어야 한다. 앞에서도 잠깐 다루었지만 독자들은 어떤 모습에서 주인공한테 매력을 느낄까?

내 소설을 잠시 예로 들자면《신흥무관학교 1919》의 1화에서는 한때는 내로라하는 특전사 요원이었으나 동료를 잃는 사고 때문에 논산훈련소로 오게 된 교관이 주인공으로 등장한다. 그는 동료를 잃었다는 자책에 괴로워하면서도 국가에 대한 충성심을 잃지 않고 훈련병들을 가르치며, 비관적인 상황에서도 끝까지 쾌활함을 잃지 않고 개성 넘치는 괴짜의 면모를 보여준다. 그러다가 훈련병 하나가 수류탄 훈련을 하다가 그만 겁에 질려 수류탄을 바닥에 떨어뜨린다. 자, 과연 주인공은 여기서 어떻게 행동할까?

나는 늘 우리나라가 독립전쟁에서 승리하는 대체역사 소설을 써보고 싶었다. 그러나 대체역사 중에서도 일제강점기를 다룬 소설은 상대적으로 조선 시대나 그 이전 시대를 다룬 소설보다 적었다. 일제강점기의 독립운동사에 대한 자료가 워낙 적기도 하거니와, 독립운동 세력들도 다양하고 복잡해서 어떻게 시작해야 할지 갈피를 잡기 어려웠을 것이다. 게다가 일제강점기 우리나라와 일본의 군사력 격차가 상당했으니, 이야기를 그럴듯하게 풀어나가기도 쉽지 않았으리라. 무엇보다 독자들이 일제강점기를 다룬 소설들을 기피했다. 내 돈 내고 맛있는 스낵 컬처를 사 먹으려는데 딱 봐도 이야기 속에 고구마가 꽉 차 있는 소설을 누가 선택하겠는가?

몇몇 작가들은 아예 주인공이 항공모함을 타고 그 시대로 회귀하거나, 특정 부대와 더불어 최첨단 기술을 가지고 회귀하는 설정을 택했다. 그것이 여러 가지로 리스크를 줄이면서 재미를 극대화하기에도 좋은 방법이었던 것이다.

그러나 나는 일제강점기의 독립을 다룬 소설이니만큼 조금이나마 더 사실성을 확보해 이야기를 전개하고 싶었다. 그래서 주인공이 단신으로 회귀하는 대신, 현대의 첩보전과 특수전에 잔뼈가 굵은 인물로 설정했다.

하지만 여기서 또 한 가지 문제에 봉착했다. 주인공이 자연스레 일제강점기로 회귀하려면 어떤 곳에서 어떤 모습으로, 어떻게 과거의 한 지점으로 갈지가 중요했다. 이 모든 과정이 자연스러워야 소설에 대한 몰입도가 확보되고, 독자들이 서사에 빠져들 수 있을 것이기 때문이다.

고민 끝에 나는 주인공에 대한 설정을 추가했다. 특전사령부 출신 주인공이 동료를 잃은 뒤 논산 훈련소로 와서 교관 생활을 하게 되고,

불명예 전역을 앞둔 상태에서도 충성심을 잃지 않고 훈련병을 가르치는 모습을 보여주었다. 그러던 어느 날, 훈련병 하나가 훈련 중에 수류탄을 바닥에 떨어뜨린다. 주인공 이정훈 상사는 짧은 순간 특전사 시절 자신이 지키지 못한 동료를 떠올린다. 그 순간 겁에 질린 동료 교관과 훈련병을 돌아본다. 이정훈 상사는 미련 없이 바닥에 떨어진 수류탄을 향해 온몸을 던진다.

군대에 다녀온 이라면 누구나 훈련소 생활을 거쳤을 것이기에 이 장면이 더 특별하게 다가왔을 것이다. 또한 이 상황에서 자신을 희생해 동료를 구한 이정훈 상사에게 안타까움과 더불어 어떤 매력을 느끼게 될 것이다. 그렇게 조금씩 응원하는 마음이 생길지도 모르겠다. 주인공은 비록 그렇게 죽지만, 1919년 '만주의 논산 훈련소'라 할 수 있는 신흥무관학교에서 한 훈련병의 몸으로 눈을 뜬다. 대체역사를 좋아하는 독자라면, 또 우리나라 역사에 대해 조금이나마 관심이 있는 독자라면 다음 화가 궁금해지지 않을까? 주인공이 앞으로 '독립'이라는 거대한 소명, 혹은 절대적인 목표를 위해 자신이 가진 미래의 특수전 지식과 역사 정보, 그리고 독립운동가 못지않은 의협심을 바탕으로 어떻게 일제에 맞서 싸울지 기대되지 않을까?

여기서 《신흥무관학교 1919》의 서두, 1화를 잠깐 훑어보자.

논산 훈련소 화생방 훈련장.

한여름의 뜨거운 햇빛이 교육장 앞에 도열한 훈련병들을 더 뜨겁게 달구었다. 저마다 잔뜩 긴장한 눈빛으로 그들은 군가를 부르며 가스실을 힐끔거렸다.

숨 막히는 고통도 뼈를 깎는 아픔도-

승리의 순간까지 버티고 버텨라-

우리가 밀려나면 모두가 쓰러져-

최후의 5분에 승리는 달렸다-

적군이 두 손 들고 항복할 때까지-

최후의 5분이다 끝까지 싸워라-

특전사 출신 교관인 이정훈 상사가 훈련병들에게 말했다.

"화생방은 독가스나 세균 등 생물학 무기에 대비하는 훈련이다. 다 필요 없고, 살포되면 다 뒤지는 거야."

훈련병들이 인상을 찌푸리자, 이정훈이 소리쳤다.

"비신사적이라고? 그건 힘센 놈들이 하는 소리야. 화학전은 약소국도 전세를 단번에 역전시킬 수 있는 카드니까 말이야."

이정훈은 흙을 한 줌 움켜쥐고 허공에 뿌렸다.

"미국은 사실상 멸종된 천연두를 연구시설에서 배양하기도 했고, 1차 대전 때는 겨자 가스와 VX 등의 화학무기를 만드는 데 열을 올렸지. 그래 놓고 다른 나라들이 만들면 야만적이라고? 흐하하하, 쿨럭-."

훈련병 하나가 교관이 잘 모르면서 거드름을 피운다고 생각했는지, 용기를 내어 손을 들고 물었다.

"직접 겪어보셨는지요?"

"참전해봤냐고?"

이정훈이 머쓱한 표정을 지으며 웃통을 벗었다.

"물론이지. 어딘지는 말해줄 수 없고…."

그의 잔근육으로 다져진 상체 곳곳에는 기이한 상처로 가득했다. 칼에 찔린 자국부터 어딘가에 찢긴 자국, 그리고 총알에 맞은 듯한 흉터와 수포 자국까지.

게다가 오른쪽 어깨부터 가슴, 그리고 왼쪽 허리까지는 마치 붉은 천을 두른 것 같은 화상자국이 나 있었다.

"겨자 가스는 당장 만들어서 뿌려줄 수 있지."

훈련병들이 기겁한 얼굴로 눈을 질끈 감았다. 이정훈이 씩 웃으며 지시를 내렸다.

"모두 방독면을 착용한다, 알았어?"

"네엣!"

훈련병들이 신속하게 방독면을 쓰자, 이정훈은 먼저 가스실로 들어섰다. 가스실 안에서는 미리 방독면을 쓰고 대기하던 분대장 둘이 훈련용 CS탄을 터뜨렸다.

희뿌연 연기가 공기 중으로 퍼져나가기 시작했다.

"1조부터 신속하게 입장!"

이정훈이 소리치자, 가스실 밖의 맨 앞줄에서 대기하던 12명의 훈련병이 안으로 들어섰다.

콰앙-

문이 닫히자 좁은 가스실 안으로 어둠과 더불어 매운 입자가 밀려들었다. 그것을 감지한 훈련병들은 벌써 콜록거리면서 눈물을 글썽였다.

반면 이정훈은 별다른 감흥도 없는 듯 무연한 얼굴로 물었다.

"최후의 5분을 즐길 준비가 되었나?"

"윽, 악!"

"전원, 정화통 제거한다, 알겠어?"

"네엣, 알겠습니다!"

이정훈의 지시에 12명의 훈련병이 정화통을 돌리기 시작했다. 그러나 정화통을 다 돌려서 채 빼기도 전에 곳곳에서 괴로운 신음과 기침 소리가 밀려들었다.

"정화통 제거해!"

"네에-."

훈련병들은 대답조차 하지 못하고 가까스로 정화통을 빼서 머리 위로 올렸다.

"정화통 머리 위로!"

"으아-."

"그 상태로 최후의 5분, 2절 실시!"

… (중략) …

훈련병들은 수류탄 훈련장으로 이동했다.

중앙의 통제실에 자리한 통제관이 거듭 수류탄 투척 방법과 주의 사항을 설명했고, 훈련병들은 조별로 먼저 연습용 수류탄으로 충분히 투척 훈련을 거쳤다.

"불안하거나 자세가 안 나오는 훈련병은 열외해도 좋다."

그 말에 훈련병들이 서로 눈치를 보았고, 몇몇은 쭈뼛쭈뼛 한쪽으로 걸어 나갔다. 교관인 이정훈 또한 훈련병들의 수류탄 투척을 감독하기 위해 10개의 방호벽 중 세 번째 호에 들어섰다.

마침내 훈련병들은 조별로 진짜 수류탄을 던지기 시작했다. 그렇게 몇 조가 투척을 마치고 자리로 돌아갔고, 곧이어 익숙한 얼굴의 훈련병이 이

정훈 상사가 있는 세 번째 호에 들어섰다.

그는 마지못해 정훈에게 묵례를 했다.

"아까, 가스실, 1번 훈련병?"

화생방 훈련장에서 이정훈에게 얼차려를 받았던 1번 훈련병이 무표정한 눈으로 이정훈을 보았다. 정훈이 물었다.

"통제관님이 빼준 거냐?"

"그렇게 되었습니다."

"사단장 빽 믿고?"

그러나 훈련병은 대답하지 않았다. 이정훈은 아랫입술을 지그시 깨문 채, 통제관의 지시에 따라 수류탄을 그에게 건넸다.

'1번 훈련병'이 그것을 안정감 있게 손에 말아 쥐었다.

"안전핀을 뽑는다!"

그리고 지시에 따라 안전핀을 뽑았다.

"투척!"

이정훈은 어느 때보다 더 긴장했다. 그러나 '1번 훈련병'은 조금의 망설임도 없이 전방의 표적 지대를 향해 정확히 수류탄을 던졌다.

퍼펑-

정훈이 가만히 고개를 끄덕였다. 그러나 바로 그때였다. 멀찌감치 대기하던 훈련병들이 소리를 질렀고, 통제관 또한 마이크에 대고 뭐라고 소리를 질렀다.

"2번 훈련병! 2번 교관!"

다급한 절규에 정훈이 돌아서서 2번 방호벽을 보았다. 그곳에는 아까 가스실을 뛰쳐나갔던 덩치 큰 '8번 훈련병'이 수류탄을 든 손을 부르르 떨고 있었다.

그는 거듭 수류탄을 앞으로 던지는 시늉을 했으나, 손에서 차마 놓지 못했다.

"야, 그만! 멈춰!"

앞에 선 교관이 두 손을 펴서 그대로 멈추라는 신호를 보냈다. 그러고는 서서히 그에게 다가가서 수류탄을 건네받으려 했다. 그러나 녀석은 너무 당황한 나머지 손에 힘이 풀렸는지, 손에서 수류탄을 놓쳐버렸다.

탁, 또르르-

모두의 얼굴이 사색이 되었다. 그러나 2번 방호벽에 있던 교관은 그대로 굳어서 꿈쩍도 하지 못했다. 이제 막 논산 훈련소로 배치받은 막내 하사관이었다.

찰나의 순간….

신기하게도 막내 하사의 얼굴도, 혁수를 닮은 '8번 훈련병'의 얼굴도, 그리고 공포에 질린 다른 훈련병들의 얼굴도, 찬찬히, 정훈의 눈에 모두 들어왔다.

'하, 젠장….'

대한민국 특수전사령부 선임담당관 출신이자, 논산 훈련소 교관인 이
정훈 상사는 더 이상 아무 생각도 하지 않았다. 그리고, 방호벽 뒤로 구르던
수류탄을 향해 온몸을 던졌다.

콰쾅-

＊ ＊ ＊

사지가 찢기는 고통도 잠시.

다시 눈을 떴을 때, 정훈은 여전히 내무반에 누워 있었다.

'음… 여기가, 어디지?'

그러나 특전사나 논산 훈련소같이 깔끔한 내무반이 아닌, 차디찬 바닥
에 나무때기와 거적을 아무렇게나 깔아놓은 수용소 같은 환경이었다.

게다가 건물 안팎으로 거센 바람이 휘몰아치면서 누워서 제대로 안정
을 취하기도 어려웠다.

이정훈이 겨우 몸을 추스르고 상체를 일으키자, 누군가가 호들갑스럽게
달려와서 조롱박에 담긴 물을 내밀었다.

"정신이 좀 드셨어요, 도련님?"

《신흥무관학교 1919》는 이렇게 현대의 특전사 출신 논산 훈련소 교관 이정훈 상사가 1919년의 신흥무관학교로 회귀하면서 시작한다. 1화에서는 이렇듯 주인공이 어떤 상황에서 어떻게 '회/빙/환'을 하게 되는지, 그리고 어떤 매력을 보여주면서 어떤 세계로 가게 되는지를 최대한 그럴듯하게 보여주어야 한다.

자신이 생각했던 그림이 아니라면 1화를 읽어 내려가는 동안에도 수많은 독자는 '뒤로 가기'를 누를 것이다. 그러나 조금이라도 기대가 충족된 독자들은 2화로 넘어갈 것이다. 독자들이 일단 2화로 넘어간다면 절반의 성공이다. 2화에서는 확실히 독자들의 바짓가랑이를 붙들어야 한다.

셋째, 독자가 주인공의 입장에서 소설 속 세계와 맞서고 싶다는 생각이 들게 하라. 또한 주인공이 목표로 하는 것을 같이 이루고 싶다는 생각이 들게 하라. 말 그대로 1, 2화 안에 독자들이 이야기 속에 확실히 몰입하게 해야 한다.

충성 독자를 만드는 2화의 법칙

1화에서 '회/빙/환'을 통해 이 이야기의 장르가 무엇이고, 어떤 주인공이 어떤 활약을 펼칠지 독자로 하여금 기대하게 만들었다면 2화에서는 이제 독자들이 소설 속 서사에 빠져들게 해야 한다.

이제 독자들은 주인공이라는 아바타를 타고 본격적으로 당신의 이야기 속으로 여행을 떠난 것이다. 물론 아직까지는 하차할 가능성이 높기에, 작가는 2화에서 더 심혈을 기울여야 한다.

그러기 위해서는 먼저 앞으로 서사가 펼쳐질 소설 속 인물과 배경이 최대한 사실적으로 그려져야 한다. 웹소설에서 가장 중요한 요소는 대화다. 독자는 인물 간의 대화를 통해서 이야기를 생생히 체험하며 서사의 전개를 파악하기 때문이다. 일반 소설처럼 지나친 서술이나 묘사는 자칫 소설의 재미를 반감시키고 말 것이다.

그러나 2화에서만큼은 독자들에게 그들이 이제 막 여행을 시작한 소설 속 세상을 조금 신경 써서 보여줄 필요가 있다. 이곳은 어떤 시대이며 지명은 무엇이고 거리에는 어떤 복색을 한 사람들이 오가는가? 그리고 그들은 주인공을 발견하고 어떻게 반응하는가?

다음으로는 독자들의 여행을 도울 여행 가이드, 즉 조력자가 등장해야 한다. 독자들 역시 이제 막 주인공에 접속하여 가상의 소설 세계에 발을 들였으므로, 처음에는 얼떨떨한 기분도 들고 주인공이 제대로 활약해 나갈지 걱정도 될 것이다. 그러면서도 한편으로는 미래지식이나 특별한 능력을 지닌 주인공이 그 세계를 바꿔나가고 사람들을 어떻게 놀라게 할지 잔뜩 기대도 될 것이다.

공교롭게도 언더독^{●●}이었던 주인공이 빙의한 그 시대의 인물 역시 유력 가문의 서자나 망나니, 무공을 잃은 채 버려진 자식 등과 같은 언더독일 경우가 많다. 그러나 여기서 한 가지 주목할 것은, 같은 언더독이라 해도 회귀한 곳에서 주인공의 위치는 어느 정도 믿는 구석이 있는 언더독이라는 점이다. 당연히 주인공은 이미 탑독^{●●}이 될 수 있는 정보나 능력을 가지고 있을 것이며, 머지않아 그 시대의 인물들은 그런 주인공의 모습에 크게 놀라며 벌벌 떨게 될 것이다.

《신흥무관학교 1919》에서 이정훈 상사가 빙의한 인물은 공교롭게도 '이정훈'이라는 이름을 지닌 19세의 소년이었다. 그는 경성의 유력한 재벌 가문의 막내였으나, 독립운동을 하는 아버지나 형들과 달리 노름과 여자에 빠져 사는 경성 최고의 망나니였다. 그런 망나니가 신흥무관학교에 입학한 사연도 기가 막히다. 19세의 이정훈은 명월관의 한 기생을 사랑하는데, 그 기생이 독립운동가에 빗대어 정훈을 애송이 취급한 것에 격분해 "나도 독립운동가가 되어 보이겠다"며 그날 밤 압록강을 건넌 것이다. 이 얼마나 어처구니없는 상황이며, 이 얼마

●● 본래 투견鬪犬에서 밑에 깔린 개를 지칭하는 용어로, 이야기 속에서 상대적 약자를 의미한다.
●● 승자, 우세한 쪽.

나 철없는 인물인가? 한평생 곱게만 자란 이정훈은 결국 한밤중에 무리해서 압록강을 넘은 후유증에 밤새 시름시름 앓다가 정신을 잃고 만다. 그리고 다음 날, 19세의 이정훈은 이정훈 상사의 의식을 가지고 눈을 뜬다.

자, 신흥무관학교의 모든 훈련생들 역시 경성 최고의 망나니인 이정훈을 알고 있다. 오랜 시간 배를 곯으면서도 훈련에 매진해온 그들은 정훈과 같은 '도련님'이 가소롭다 못해 혐오스럽기까지 하다. 마침같이 훈련을 받고 있는 김원봉 역시 정훈에 대한 분노를 드러내고, 정훈의 아버지와 면식이 있는 신흥무관학교의 지청천 교장은 오히려 정훈을 걱정하기에 입학에 관해 회의적으로 생각한다. 독립운동은 말그대로 장난이 아니기 때문이다.

그러나 정훈은 이제 그들이 알던 그 정훈이 아니다. 21세기의 대테러전과 정보전 등 특수전의 전문가이며, 앞으로 일어날 독립운동사와 1, 2차 세계 대전사를 모두 꿰고 있는 전사戰士다. 이정훈 상사 역시 처음에는 이 상황에 당황하지만 차츰 현실을 직시하며 독립전쟁에 대한 열망을 갖게 된다.

바로 이 시점에 당연히 이런 내막을 알 리 없는 교성대장 이범석은 신흥무관학교에 입학하겠다는 정훈을 혼쭐내서 쫓아내려 한다. 이범석은 구레나룻을 벅벅 긁으며 이정훈 상사에게 호통을 친다.

"네놈이 나와 싸워서 이기면 입학시험에 통과한 것으로 해주지."

이쯤 되면 3화를 누를 만하지 않은가? 《신흥무관학교 1919》의 2화를 살펴보자.

"도련님?"

누리끼리하게 헤진, 조선 시대에나 입을 법한 흰옷을 입은 덩치가 크고 통통한 소년이 정훈에게 다가앉았다.

그 소년은 다짜고짜 정훈의 입에 조롱박을 대고 기울였다. 갈증이 난 정훈 역시 정신없이 그 물을 들이켰다. 그 때문에 옷에 물이 흘렀다.

'응? 내 옷도 저 녀석과 비슷하잖아?'

그제야 정훈은 두 손을 펴서 이래저래 뒤집어보았다. 갖은 훈련으로 굳은살이 단단히 박인 30대 중반 이정훈 상사의 손이 아니었다.

'이게 정말 어떻게 된 거지?'

그때 소년이 다시 말했다.

"벌써 사흘째 기절해 계셨어요. 경성서 먼 길 오느라 무리하셨는지…"

"경성? 여긴… 어디죠?"

"만주의 고산자, 그리고 여긴 신흥학교잖아요."

"신흥… 학교?"

"도련님께서 나으리께 혼나고 나서, 다짜고짜 독립군이나 되겠다고 집

나와서 여기까지 온 거 아녜요?"

"도, 독립군…이나?"

"쯧쯧, 꿍친 돈도 노름판서 다 날리고, 술집에서 기생들 끼고 놀다가 나으리한테 붙들려 볼기 맞은 거 기억 안 나요?"

"그러니까, 수작 부리지 말고 똑바로 말해주십시오."

"감히 이 아솔이가 도련님께 수작이요?"

이정훈은 자리에서 벌떡 일어났다. 정훈이 금방이라도 싸울 듯한 자세를 취하자, 소년이 잔뜩 겁을 집어먹고 답했다.

"도대체 왜 이러세요? 여긴 독립군을 키우는 신흥무관학교!"

정훈이 고개를 갸웃거리자, 소년이 덧붙였다.

"그리고 지금은 대한민국 임시정부 원년."

정훈의 눈이 번쩍 뜨였다.

'신흥무관학교라면, 나라를 빼앗긴 이듬해에 우당 이회영 선생과 석주 이상룡 선생 등이 청년에게 구국이념을 고취시키고 군사훈련을 시키고자 만주에 세운 그 무관학교?'

아무래도 믿기지 않는 듯 정훈은 수용소 밖으로 뛰쳐나왔다.

'여기가 정말 1919년의 그 신흥무관학교라고?'

숲이 우거진 산을 등진 채로, 야트막한 구릉을 따라 거친 대지가 펼쳐졌다. 돌밭이라고 해도 좋을 황야에 나무로 급하게 지어 올린 막사가 서너 개.

언덕 아래서는 약 100여 명의 청년들과 소년들이 곡괭이나 삽 같은 기구를 휘두르며 땅을 파는 중이었고, 막사 바로 앞의 공터에서는 역시 100여 명의 청년들이 목총을 들고 제식훈련을 하고 있었다.

또 막사 뒤의 산비탈에서도 비슷한 수의 청년들이 끝없이 비탈을 오르내리고 있었다.

소년이 정훈을 쫓아 나오며 속삭였다.

"이제 좀 정신이 드세요?"

"대체 이게 무슨…"

"처음에는 한밤중에 이곳으로 들이닥쳐서 우리 둘 다 총 맞을 뻔했어요. 꼬박 한나절은 저쪽 독방에 격리되어 있다가, 이튿날 도착한 나으리의 서신 때문에 풀려난 거예요."

"그놈에 나으리가 누굽니까?"

"아버지한테 '그놈'이라니요. 이웅현 나으리 모르셔요? 역관으로 종1품까지 오르셨으나, 경술국치 이후로는 벼슬을 내려놓고 후학들을 양성하고 계시잖아요."

"이웅현 나으리? 그럼 나는?"

"이정훈 도련님! 막내, 그러니까 셋째 아들이요."

"뭐요? 이정훈?"

공교롭게도 이름까지 같았다.

… (중략) …

남자의 날카로운 눈빛은 정훈의 생각을 훤히 꿰뚫어 보듯 진하게 반짝였다.

"자네가 신흥학교 입학을 신청했다지?"

"그대는 누구신지요?"

문 쪽에 선 교관이 깜짝 놀라서 정훈에게 소리쳤다.

"감히 교장 선생님께서 묻는 말을 되받아쳐?"

그러나 교장이라는 자는 아무런 동요 없이 손짓으로 교관을 뒤로 물렸다.

"나는 바로 이 신흥무관학교의 교장, 지청천이라고 하네."

그 말에 놀란 사람은 오히려 정훈이었다.

'지청천이라면… 일본육군사관학교 출신으로, 1919년 3·1운동 발발 후 만주로 망명해 신흥무관학교 교성대장에 이어 교장이 된 분? 수많은 독립군을 양성했고, 훗날 광복군 총사령관으로 활동한 전설적인…'

정훈의 멍한 표정을 보고 지청천이 말을 이었다.

"내 말을 듣고 있는 겐가?"

정훈은 다시 한번 이 상황을 어떻게 받아들여야 할지 알 수 없었다. 모든 정황이 너무도 생생했고, 개개의 인물들이 너무나 사실적이었다.

지청천이 다시 말했다.

"이곳은 대외적으로는 교육기관이지만, 자네도 알다시피 사실상 독립군을 양성하는 군사기관이네. 3·1 만세운동 이후로 입학을 자처하는 생도들이 급격히 늘어 이곳 고산자에도 학교를 세우게 되었지. 그런데 말이야…"

지청천이 자리에서 일어섰다. 정훈의 눈이 그의 허리춤으로 향했다.

'저건 독일제 마우저 권총? 봉오동 전투에서 홍범도 장군이 썼던….'

지청천이 말을 이었다.

"그래서 더 일제의 밀정들이 늘고 있어. 만약 이웅현 선생의 서신이 없었다면 자네는 벌써 죽었을지도 몰라."

"교장님도 나도 한성 출신이라 춘부장의 명성은 알지. 그걸 다행으로 생각해."

털북숭이가 거들자, 지청천이 엄한 표정을 지었다.

"그래서 하는 말이네. 독립운동은 장난이 아니야. 부디 정신 차리고 아버님처럼 큰 사람이 되길 바라네. 노름판에나 기웃거리지 말고."

정훈은 창문 너머로 보이는 광활한 벌판을 바라보았다.

'이곳이 정말 1919년의 신흥무관학교란 말인가? 그게 사실이라면, 이곳은 1년도 지나지 않아 대기근과 마적단의 습격으로 폐교되고 마는데….'

이정훈이 생각을 정리하고 입을 열었다.

"나, 이정훈은…"

'서두르지 않으면 이들은 뿔뿔이 흩어지고, 한반도 수복의 기회도 영영 멀어진다.'

정훈이 이내 마음을 먹은 듯 말을 이었다.

"신흥무관학교에 입학하려고 온 게 맞습니다."

그 말에 지청천의 표정이 미세하게 바뀌었다.

"정말인가? 혹독한 훈련을 견뎌낼 수나 있을까?"

정훈이 결심을 한 듯 말을 이었다.

"일단 입학을 허가해주신다면, 증명해 보이겠습니다."

지청천의 입꼬리가 재미있다는 듯 살짝 올라갔다. 바로 뒤에 선 털북숭이 남자가 고개를 갸웃거리며 말을 이었다.

"이놈아, 여긴 아무리 날고기는 녀석들도 훈련받다가 도망가는 곳이야. 날마다 산을 오르내려야 하고, 대한의 역사와 지리를 비롯한 신학문을 배워야 하고, 총술과 격투를 익혀야 하고, 무엇보다…"

털북숭이의 눈빛이 바뀌었다.

"그러면서도 지독한 배고픔과 싸워야 하지. 평생 유복하게 자란 네놈이 며칠을 버틸까?"

지청천이 부드러운 목소리로 덧붙였다.

"처음에는 겁을 주어서 돌려보내려고 했지만, 자네가 입학하겠다니 다시 한번 권고하네. 선생을 봐서라도 집으로 돌아가게."

털북숭이 교관이 벌건 얼굴로 으름장을 놓았다.

"여긴 전쟁터야. 그러다가 막내아들이 다치면, 춘부장께서 얼마나 상심하시겠어? 무관학교 후원도 끊으시면 어쩌려고?"

"교성대장, 그만하게."

"이정훈이라고? 어디 나랑 한번 붙어볼 텐가?"

"범석아… 되었다니까."

'이범석 장군?'

지청천이 다그치는 말에 정훈의 눈이 반짝였다.

'신흥무관학교와 북로군정서의 교관이자, 사관연성소 교수부장. 훗날 청산리전투에서도 지휘관으로 활약하고, 광복군 참모장을 맡기도 한 그 이범석?'

이범석이 아랑곳하지 않고 팔을 걷어붙였다.

"이대로 썩 꺼지지 않으면 나한테도 볼기를 맞을 줄 알아. 그래, 지금 바로 기회를 주마. 네놈이 나를 쓰러뜨리면 입학을 시켜주지. 군대가 장난이냐?"

이범석이 씩씩거리며 다가서자, 정훈이 되물었다.

"여기서 교관님을 쓰러뜨리면 됩니까?"

● 질문 9

앞서 살펴본 질문들을 참고해서,

지금 즉시 앉은 자리에서 1, 2화를 써보자.

각각의 회차는 5,500자 내외여야 하며

이번 장에서 강조한 내용이 수반되어야 한다.

당신이 1, 2화를 써냈다면 이미 당신만의 특별한 이야기를

머나먼 우주로 쏘아 올린 것이나 마찬가지다.

머지않아 그 소설 속 인물들은 '독자'라는 개개의 행성에

착륙해 그곳에서 영원히 살아가게 될 것이다.

겁이 나지 않는가?

지금부터는 책임지는 일만 남았다.

13

영웅신화 구조와 웹소설의 구조

웹소설을 전개하는 방법

웹소설의 1, 2화가 도입부라면, 3화부터는 어느 정도 일정한 패턴으로 이야기가 빠르게 전개된다. 지금부터 주인공은 크고 작은 난관에 봉착할 것이며, 그에 따른 적들과 대결하면서 자신의 목적을 이루어나갈 것이다.

여기서부터는 장르별로 두드러지는 플롯들이 있다. 이것을 유념해서 이 뼈대에 당신의 아이디어를 덧붙인다면 한결 흥미진진한 이야기가 탄생할 것이다.

우선 웹소설은 기본적으로 장르물이고, 서사 역시 상당히 길기에 대부분 '신화 구조'를 따른다. '신화 구조'란 신화학자 조지프 캠벨 Joseph Campbell이 자신의 저서 《천의 얼굴을 가진 영웅》에 기술한 영웅 신화의 구조를 뜻한다. 캠벨은 영웅신화가 대개 3막 구조로 이루어져 있으며, 대략 일정한 패턴으로 서사가 전개된다고 보았다. 이를 웹소설에 맞게 간단히 축약하면 다음과 같다.

1막 - 시작(회/빙/환)

일상
부름과 소명
혈통과 거부
조력자
첫 난관 극복
협력자와 방해꾼

2막 - 시련의 길(임무)

시련
부적
해결과 보상
더 센 적
그보다 더 세지는 주인공

3막 - 신격화

최후의 결전
귀환 거부
찬사
신격화

보통의 플롯 역시 기본적으로 3막 구조로 이루어져 있다. 간단하다. 1막에서는 이야기가 시작되고 2막에서는 이야기가 펼쳐지고 3막에서는 이야기가 마무리되는 것이다. 웹소설의 경우 앞장들에서 설명했듯이 1막은 보통 '회/빙/환'으로 시작되고, 3막의 경우는 대개 주인공이 마침내 '만렙'을 찍고, 영웅 또는 신적인 존재로 추앙받으며 끝난다. 가장 중요한 부분이 바로 2막인데, 2막 자체가 수많은 미션, 즉 퀘스트quest를 수행하는 과정이며 2막의 재미에 따라 웹소설의 조회수와 연독률이 좌우되기 때문이다. 2막에 관해 좀 더 논하기에 앞서 우선 1막과 3막의 항목들을 먼저 하나씩 살펴보자.

1막, 이야기의 시작

1막은 이야기가 시작되는 대목이다. 앞 장에서 언급했던 것처럼 독자들은 1막의 재미와 개연성에 따라 이 웹소설을 읽을지 말지를 결정한다. 그만큼 웹소설 연재를 시작하기 전에 오랜 시간 고민하고, 수없이 썼다가 지우면서 공을 들여야 하는 대목 역시 1막이다. 바로 이 1막의 내용을 신화 구조에 따라 분석해보면 다음과 같다.

● 일상

주인공은 평범하지만 불행한 일상을 살아간다. 주인공은 대개 결핍이 있거나, 무기력한 환경에서 살고 있거나, 그러한 상태로 전락한다. 그리고 당장 그 상황을 타개할 여건이 되지 않는다.

● 부름과 소명

주인공은 현실을 비관하며 자조한다. 그러다가 어떤 계기로 '회/빙/환'을 하게 된다. 사고를 당하기도 하고 자살하는 경우도 있다. 때로는 갑작스레 다른 세계에서 눈을 뜨기도 하고, 비현실적인 존재가 말을 걸어오기도 한다.

주인공은 전혀 다른 세계의 다른 사람이 되거나, 그렇지 않다면 아예 과거의 자신으로 눈을 뜬다. 다른 세계로 가든, 다른 사람이 되든, 주인공은 곧바로 깨닫는다. 그 세계가 주인공을 필요로 한다는 것을.

● 혈통과 거부

주인공은 '전생'에서는 평범한 사람이었지만 '이생'에서는 특별한 혈통을 가졌거나 비범한 위치에 서게 된다. 그러면서도 주인공은 우선 자신이 알아챈 미션을 거부한다. '이 세계'가 낯설기도 하거니와, 이미 '전생'에서 삶에 환멸을 느낀 터라 그저 조용히 살고 싶은 것이다.

● 조력자

그러나 이 세계는 영웅을 필요로 하고, 주인공은 다짜고짜 '역사의 소용돌이'에 휘말린다. 그 과정에서 주인공은 의도치 않게 위기에 처하게 되는데 때마침 나타난 조력자가 도움을 주거나, 스승 같은 존재가 옆에 달라붙어 주인공의 성장을 돕는다.

조력자가 서장에 잠깐 등장하여 주인공에게 특별한 도구나 능력을 부여하기도 한다. 어쨌거나 주인공은 처음부터 강력한 '뒷배'를 가진 상태에서 서사에 뛰어든다.

● 첫 난관 극복

주인공은 첫 번째로 맞이한 대결, 혹은 문제 상황에서 남다른 방식으로 스승이 가르쳐준 것 이상의 성과를 내며 첫 난관을 극복한다. 그 모습에 주변 사람들은 하나같이 크게 놀라거나, 그게 아니면 고개를 저으며 이렇게 반응한다.

"에이, 주인공이 그럴 리가 없어. 어쩌다 운이 좋았겠지."

스승 역시 자신의 예상을 뛰어넘은 주인공의 활약에 반신반의한다.

"어, 어떻게 이럴 수가…! 서, 설마…?"

● 협력자와 방해꾼

주인공의 가능성을 알아보거나 시기하는 세력들이 응당 등장한다. 주인공의 예기치 않은 활약에 감복한 이들 중 몇몇은 주인공의 동료가 되고자 손을 내민다. 몇몇은 주인공의 도움으로 위기를 모면하고는 충성을 맹세한다.

반면 주인공의 활약을 시기하거나 경계하는 이들도 생겨난다. 자연스레 그들은 주인공에게 도전하거나, 주인공이 더 성장하기 전에 짓밟으려 할 것이다. 이제 주인공은 본격적인 영웅의 길을 걷기 시작한다.

여기까지가 1막이며, 웹소설의 경우 보통 10~15화까지의 분량에 해당된다. 웹소설 출판사나 몇몇 공모전이 최소 투고작 분량을 15화 내외로 잡는 까닭도 바로 이 때문이다. 1막을 읽으면 이 웹소설이 어떻게 전개될지 예상할 수 있고, 어떻게 마무리될지도 어느 정도 가늠할 수 있기 때문이다.

작가 역시 마찬가지다. 사실상 15화까지는 웹소설 전체의 밑그림이라고 할 수 있다. 그렇기 때문에 작가는 그 밑그림을 보며 이제 어떻게 색칠해야 할지를 고민하게 된다. 어떤 색을, 어떻게 덧입혀야 독자들이 이 이야기를 끝까지 읽어줄까?

나 역시 처음 웹소설 연재에 도전했을 때, 막연하게 이야기를 펼치기 막막해서 어느 정도 이런 신화 구조를 차용했다. 특히 1막은 앞서 설명한 항목들을 하나씩 적용해보기도 했다. 첫 작품인 《조선 해양 왕》의 제목들을 살펴보면 다음과 같다.

01. 서장序章 : 추적자

02. 다시 눈을 뜨다

03. 조력자(1)

04. 조력자(2)

05. 비변사를 꾸짖다(1)

06. 비변사를 꾸짖다(2)

07. 정묘호란 발발(1)

08. 정묘호란 발발(2)

09. 전장을 지휘하다(1)

10. 전장을 지휘하다(2)

11. 전장을 지휘하다(3)

12. 전장을 지휘하다(4)

13. 망나니서 진짜 망나니로(1)

14. 망나니서 진짜 망나니로(2)

15. 누가 진짜 와룡臥龍인가(1)

처음 1화에서 15화까지의 제목만 봐도 개략적인 이야기 흐름이 보일 것이다. 《조선 해양왕》은 2019년 4월 문피아에 처음 연재를 시작한 웹소설로, 현대의 주인공이 조선 시대의 소현세자에게 빙의하면서 시작되는 이야기다.

주인공은 원래 선박 기술자였기에 배를 만드는 기술을 모두 꿰고 있으며, 역사에도 관심이 많은 인물이었다(일상). 이런 주인공이 청나라와 외세의 입김이 한창 휘몰아치던 17세기 초의 조선 시대로, 그것도 신문물에 특히 관심이 많았던 소현세자에게 빙의한다면 과연 어떤 일이 벌어질까(부름)?

주인공은 이 혼돈의 시기에 자신이 해야 할 일을 알아차릴 것이다(소명). 또한 조선의 세자라는 특별한 신분이 그것들을 충분히 가능하게 만들어줄 것임도 알게 된다(혈통). 그러나 작금의 상황이 너무 혼란스럽고, 전생에서 충분히 피곤한 삶을 살았기에 과연 자신이 역사의 흐름에 뛰어들어야 하는지 고민한다(거부).

공교롭게도 그런 주인공은 더 생각할 겨를도 없이 아버지이자 조선의 왕인 인조에게 불려간다. 그는 신하들을 통해 청나라가 쳐들어온다는 사실을 알게 되고, 이 시국에 늦잠을 잤다는 이유로 인조에게 꾸지람을 듣는다. 그러나 영의정 이원익이 그런 주인공을 감싼다(조력자). 그는 앞으로 주인공이 세자로서 이 시대에 완전히 적응하고, 정치

적으로 자리를 잡을 때까지 도와줄 것이다.

그러나 어느 시대든 주인공을 괴롭히는 세력은 있게 마련. 때마침 총사령관인 도원수로 임명된 김자점이 국가적 위기를 바탕으로 외려 자신의 세력을 확장하려고 음모를 꾸미기 시작한다. 그는 당시 군국 기무를 총괄했던 비변사를 즉각 소집하는데, 여기서 주인공은 어떤 행보를 보일까? 그렇다. 본래 소현세자였다면 아직 열여섯에 불과한 어린 나이였기에 거리를 두었을 그 회의에, 소현세자에 빙의한 주인공 은 대담하게도 비변사의 논의를 검토하겠다며 참관한다.

또한 이미 역사를 아는 주인공은 청나라의 선봉이 어떤 길로, 어떻 게 진격해 올지를 예견한다. 각각의 세력과 이해관계에 따른 의견이 첨예하게 갈리는데, 결국 주인공이 한 말이 정확히 맞아떨어지면서 청나라에 맞서는 작전의 주도권이 주인공에게 기울기 시작한다(첫 난 관 극복). 주변 인물들은 주인공의 행보에 엇갈린 반응을 보이면서도 그에게 매료되기 시작하고, 김자점을 비롯한 반대파들은 그를 더욱더 경계한다(협력자와 방해꾼). 주인공은 점차 자신만의 세를 확장하며 전 장을 지휘하고, 시간이 지날수록 성장해가면서 진정한 '와룡'으로서 국제무대에 데뷔한다.

여기까지가 1막이라 할 수 있는 15화까지의 내용이다. 나름대로 신 화 구조를 충실히 따라가는 게 보일 것이다. 물론 작가에 따라 이미 알려진 플롯이 아닌, 자신만의 구성으로 글을 쓰는 이도 많다. 그러나 적어도 처음 웹소설에 도전하는 사람이라면, 새로운 시도보다는 기존에 많은 이들이 성공했던 플롯을 활용해 이야기에 뼈대를 세우는 편이 안전하다. 그만큼 최소한의 재미를 확보할 수도 있다.

2막, 구조의 반복과 확장

신화 구조를 활용해 1막을 성공적으로 시작했다면 2막부터는 오히려 쉽다. 1막의 마지막 부분에서 주인공이 맞이했던 '첫 난관'이 2막부터는 마치 게임처럼 본격적으로 펼쳐질 것이기 때문이다. 앞에서는 2막을 이렇게 요약한 바 있다.

```
┌─────────────────────────┐
│   2막 - 시련의 길(임무)   │
│                         │
│          시련            │
│          부적            │
│       해결과 보상         │
│        더 센 적          │
│    그보다 더 세지는 주인공   │
│                         │
└─────────────────────────┘
```

이를 쉽게 풀이하면 다음과 같다.

두 번째 난관 (첫 번째보다 더 어려운)

세 번째 난관 (두 번째보다 더 어려운)

네 번째 난관 (세 번째보다 더 어려운)

…

…

…

2막부터는 1막과는 비교할 수 없는 한층 강화된 시련이 주인공에게 몰아칠 것이다. 그러나 주인공은 1막에서 이미 각성했고, 나름대로 조력자들과 팀을 구축했기에 이제부터는 얼마든지 대응할 수 있다.

1막에서의 시련이 주인공이 영웅의 길에 들어서는 관문과 같다면 2막의 시련은 주인공을 점점 더 강하게 만들고, 동시에 더 강한 적을 불러오는 과정이 될 것이다. 2막이 구조 자체를 놓고 보면 더 간단할 수도 있다. 그러나 웹소설은 앞에서도 강조했듯이 아주 길고 긴 장편이다. 그 말인즉, 작가가 앞으로 수많은 시련과 관문을 그럴듯하게 창조해내야 한다는 것이다. 이 과정에서 주인공의 행보에 개연성이 떨어지거나, 서사에 긴장감이 떨어지면 독자들은 가차 없이 이탈하기 시작할 것이다. 사실 연재가 계속될수록 독자가 조금씩 떨어져 나가는 것은 당연한 일이다. 주인공이 어느 정도 성장하거나 세력을 확보해 나갈수록 처음의 흥미진진함도 조금씩 줄어들기 때문이다.

물론 마지막까지 긴장과 재미를 잃지 않고 끌고 가는 작가도 많다. 심지어 뒤로 갈수록 조회 수가 더 늘어나는 작가도 있다. 이들은 웹소설의 서사를 깊이 이해하고 쥐락펴락할 수 있는 고수 중의 고수다. 당연히 수입 또한 '넘사벽'일 수밖에 없다.

문제는 뒤로 갈수록 조회 수가 급격히 떨어지는 경우인데, 대표적으로 다음 세 가지 중 하나에 해당한다. 첫째, 각각의 '관문, 즉 퀘스트'를 그럴듯하게 만들지 못했을 경우. 둘째, 주인공이 영웅답지 못한 행보를 보였을 경우. 셋째, 주인공 능력치에 대한 밸런스가 깨져서 적에 대한 긴장감이 떨어졌을 경우다.

앞에서도 거듭 설명했지만 독자들은 주인공을 통해 또 다른 세계를 살아간다. 또한 주인공에 빙의한 채로 그 세계에 흠뻑 빠져서 같이 영웅의 길을 걷기 원한다. 그러나 이 세 가지 중 하나의 문제가 생겨서 이야기에 대한 몰입도가 떨어지면 결코 다음 화를 결제하지 않는다. 미련을 가지고 댓글에 쓴소리를 다는 독자들도 있는데, 작가는 이런 독자를 고맙게 생각해야 한다. 문제점을 깨닫고 방금 올린 회차를 즉시 수정할 수 있기 때문이다. 오직 웹소설에서만 가능한 이런 연재를 소위 '반응 연재'라고 한다.

어쨌든 이런 다양한 요인들을 고루 신경 쓰면서 작가는 끝까지 긴장을 늦추지 말고, 끊임없이 다음 화, 또 다음 화를 고민해야 한다. 다음 줄거리를 떠올리는 건 오히려 쉽다. 다시 말하지만 중요한 건 개연성이다. 주인공은 그럴듯하게 강해져야 하고, 그럴듯한 상대를 만나 그럴듯하게 싸워야 하며, 그럴듯하게 이겨서 그럴듯한 보상을 얻어야 한다. 중요한 건 패턴이다.

다시 한번 2막의 세부 구조에 주목해보자.

시련·부적 - 해결과 보상

2막부터는 시련의 강도가 점점 더 세진다. 그러나 주인공은 이미 거기에 대한 해법을 알고 있거나 조력자를 통해 해결책을 얻을 것이다. 이것이 바로 신화 구조의 '부적'에 해당한다. 작가는 주인공에게 그때마다 적절한 부적을 안겨주어 퀘스트를 그럴듯하게 수행하게 해야 한다. 독자들은 새로운 시련에 처한 주인공의 모습에 조마조마하면서도 이미 주인공이 확보한 부적을 보며 어느 정도 안도한다. 그러나 소설 속 적들은 그 사실에 관해 전혀 모른 채 주인공을 얕보며 깝죽댄다. 응당 그들은 주인공에게 곧 '참교육'을 당할 것이고, 주인공은 그에 따른 응분의 보상을 받을 것이다. 적들은 놀라워하거나 분해하면서 자신의 바로 위 보스에게 쪼르르 달려가 이 사태를 보고한다. 그러면 다음 보스는 으레 이렇게 말할 것이다.

"뭐라? 그 애송이, 망나니 따위가 내 부하를 건드려?"

이렇게 해서 또 다른 시련, 즉 새로운 퀘스트가 열리는 것이다. 그리고 주인공은 점점 더 강해진다. 2막의 구성 요소는 이렇듯 '뫼비우스의 띠'처럼 다음 퀘스트, 또 다음 퀘스트와 맞물리면서 확장된다. 작가는 그때마다 더 새롭고 재미있는 퀘스트를 선보여서 마치 '셰에라자드의 이야기'처럼, 아니 '세이렌의 노래'처럼 독자들의 눈과 귀를 홀려야 한다.

시련·부적 – 해결과 보상 – 더 센 적 – 그보다 더 세지는 주인공

독자들은 이렇게 점점 더 강해지는 주인공의 모습을 보며 마치 나르시스가 못물에 비친 자신의 모습을 보고 반한 것처럼 핸드폰 액정에서 눈을 떼지 못할 것이다. 그들은 주인공의 다음 행보가 궁금해서 잠을 이루지 못하며 하룻밤 새 수만 원을 결제해버린 채 뜬 눈으로 출근 준비를 하고 있는 자신을 발견하게 될 것이다. 이쯤 되면 이런 댓글도 보일지 모른다.

'작가님 혹시 만두 좋아하세요?'

이것은 영화 〈올드보이〉에서 주인공이 15년 동안 영문도 모른 채 감옥에 갇혀서 만두만 먹었던 장면에서 모티브를 얻은 표현으로, 말 그대로 작가를 가두어놓고 글만 쓰게 하고 싶다는 뜻이다. 다음 화, 또 다음 화가 미칠 듯이 궁금한 독자들은 마치 영화 〈미저리〉 속 여주인공처럼 작가에게 당장 다음 화를 내놓으라고 압박을 가한다. 어떻게 보면 섬뜩한 표현이지만 다시 생각해보면 웹소설 작가에게 '최고의 찬사'인 것이다.

자, 여기서 중요한 것은 한 퀘스트의 분량을 3~4화 정도로 보고, 지속적으로 다음 시련을 써나가는 것이다. 작가에 따라서 5~7화, 또는 그 이상으로 사건을 길게 풀기도 하지만 이건 예외적인 경우다. 웹소설에서도 종이책을 읽을 때처럼 길고 사실적인 서술과 묘사를 선호하는 독자들이 여전히 많다. 작가 역시 짧고 감각적인 서술보다는 종이책처럼 밀도 있는 글을 쓰는 경우도 많다. 이러한 작가와 독자가 제대로 만났을 때 의외로 웹소설이 흥행하는 경우도 많다. 그러나 이것은 어디까지나 예외적인 경우이고 보통은 3~4화 정도에서 하나의 퀘스트를 마무리한다고 보고, 적어도 4화의 말미에서는 새로운 퀘스트를 열면서 다음의 시련과 맞물리도록 계산해야 한다.

━━━ 시련 – 점점 더 난이도가 높아지는

━━━ 부적 – 점점 더 효력이 세지는

━━━ 더 센 적 – 점점 더 강해지는

사실 이러한 것이 반복되는 것을 '원 패턴one pattern'이라고 하는데, 새로운 이야기, 새로운 서사를 선호하는 몇몇 작가나 독자들은 이를 폄하하기도 한다. 그러나 원 패턴을 그럴듯하게 계속 써나가면서 끝까지 독자를 끌고 가는 작가야말로 진정한 프로다. 익히 알려진 웹소설 작가들 중 디다트 작가가 특히 원 패턴을 잘 쓰기로 유명하다. 독자들은 익숙하면서도 재미있는 글을 선호한다. 우리가 게임을 좋아하는 이유도 마찬가지다. 게임을 하면서 주인공의 레벨이 올라가고, 그에 따라 더 강한 적과 싸우면서 희열과 카타르시스를 느끼기 때문이다. 물론 나는 새로운 서사에 도전하는 작가들을 존경하며, 나 역시 언젠가는 그런 글을 써보고 싶다. 그러나 나처럼 아직 초보 작가라면 이러한 원 패턴을 시도하는 게 비교적 안전하다. 원 패턴의 구성 요소를 우리가 잘 아는 용어로 바꾸면 다음과 같다.

전체 서사에도 '기승전결'이 있지만, 하나의 시련 안에도 엄연히 '기승전결'이 있다. 이것을 얼마나 그럴듯하게 지속적으로 직조해낼 수 있는지에 따라 연재 화 수가 달라질 것이다. 나는 현재 연재작이 두 질에 불과하고, 둘 다 200화 정도에 머물렀다. 새로운 퀘스트를 계속 만들어내는 힘이 아직 부족하기 때문이다. 그러나 상당수의 작가들이 250화, 300화, 500화 이상을 연재하고 있고, 심지어 여러 해에 걸쳐 수천 화를 연재하는 작가도 있다.

3막, 이야기 매듭 짓기

3막은 주인공이 마침내 최종 보스를 물리치고 그 자체로 신격화되는 대목에 해당된다. 이쯤 되면 독자들은 다음 화가 궁금해서 못 견딜 지경까지는 아닐 것이다. 그렇더라도 많은 독자가 엔딩이 궁금해서 끝까지 따라온다. 2막은 작가가 끊임없이 새로운 퀘스트를 창조해야 하지만, 1막과 3막은 장르별로 줄거리가 어느 정도 정해져 있다고 해도 과언이 아니다.

```
┌─────────────────────────┐
│     3막 - 신격화          │
│                         │
│      최후의 결전          │
│      귀환 거부            │
│       찬사               │
│      신격화              │
└─────────────────────────┘
```

　로맨스라면 주인공의 사랑이 이루어지는 지점이고, 판타지라면 그 세계를 장악하고 황제나 신적인 존재로 등극하는 것이다. 대체역사라면 주인공이 한반도는 물론 아시아와 유럽을 평정하고, 세계의 역사를 좌지우지하는 수준까지 갈 수도 있다. 스포츠라면 그 분야에서 전례 없는 기록을 남기며 최고의 스타가 될 것이고, 현대 판타지라면 연예인이든 회사원이든 주인공이 속한 영역에서 가장 눈부신 존재로 자리매김할 것이다.

　여기서 한 가지 주의할 점이 있다. 작가로서 '주인공의 신격화'가 다소 허황되게 느껴질 수도 있다. 종장만큼은 작가적 상상력을 발휘해 조금 비틀거나, 작품성 같은 것을 부여하고 싶어질지도 모르겠다. 그 결과 작가가 3막을 자신의 입맛대로 조금 엉뚱하게 쓰거나 주인공에게 조금이나마 흠집을 낸다면, 장담컨대 독자들은 이런 댓글로 응수할 것이다.

'주인공이 이렇게 죽는다고? 미친 거 아님?'

'다시는 당신 소설 읽나 봐라.'

댓글 창이 난리가 날 것이다. 그리고 지금까지 충실하게 당신의 소설을 읽어왔던 독자들은 당신의 차기작을 '손절'할 것이다. 당신의 소설을 끝까지 읽어준 독자들은 바로 차기작의 예비 독자이며, 그런 의미에서 작가의 수입을 점차 늘려줄 자산이기도 하다. 그러니 절대로 종장까지 긴장을 늦추지 말자. 마지막까지 이것 한 가지는 잊지 말아야 한다. 독자들은 여전히 주인공한테 빙의해 있는 상태라는 것을.

주인공은 어떤 모습으로 엔딩을 맞이할까? 그렇다. 최후의 결전을 최고로 멋들어지게 이겨내고(최후의 결전) 마침내 신적인 존재로 등극하고(신격화) 영웅 중의 영웅으로 추앙받아야 한다(찬사). 그리고 그 세계에서 영원히 인정을 받으며 살아가야 한다(귀환 거부). 보통의 소설 문법에서는 대개 주인공이 집으로 돌아온다. 1막에서 말 그대로 무대의 막을 열었다면 3막에서는 막을 닫아야 하는 식이다.

그러나 웹소설에서는 다르다. 막을 그대로 열어두고, 조명도 그대로 켜두어야 한다. 당신의 소설을 마지막 화까지 결제한 독자들은, 설사 작가가 자신의 작품을 잊어버릴지라도 결코 잊지 않고 찾아와서 몇 번이고 읽고 또 읽을 것이다. 독자들은 자신이 결제한 그 무대에서 주인공의 옷을 입고 다시 설 것이며, 몇 번이고 영웅의 길을 걷고 또 걸을 것이다.

어떤가. 이쯤 되면 뭔가 짠한 기분이 들지 않는가? 소위 본격 문학 작가들이 생각하는 문학적 이상, 또는 예술적 소명까지는 아니더라도, 진정 독자들을 위로하고 그들과 더불어 한판 신나게 놀 수 있다는 점에서 웹소설에는 더 특별한 무언가가 있지 않을까?

● 질문 10

당신이 어렸을 때 읽었던 동화나 소설, 혹은 지금껏 인상 깊
게 본 영화나 드라마가 있는가? 그렇다면 그 작품들을 우선
3막으로 나누어보자.

그 이야기들의 1막은 어떤가? 주인공의 일상은 어떻고, 그
들은 어떻게 집을 떠나고 모험을 시작하는가? 2막에서는 어
떤 시련에 처하고 어떤 도움을 받는가? 누구와 싸우며 무엇
을 위해 도전하는가? 그리고 마침내 3막에서 어떤 성과를
내는가? 영웅이 되는가? 아니면 희생을 하는가?

• 인상적이었던 작품 : _____

• 1막 : _____
• 2막 : _____
• 3막 : _____

14

대화와 서술, 묘사를 쓰는 법

웹소설의 문체란

문체는 작가가 글을 쓰는 스타일이다. 보통의 소설에서는 작가마다 문체가 천차만별이지만, 웹소설의 경우는 사실 큰 차이가 없다. 어디까지나 핸드폰에서 읽기 편하도록 짧고 간결하게 쓰는 게 전부다.

일반 소설처럼 작가의 문장을 곱씹으며 웹소설을 읽는 독자들은 드물다. 서사가 빠르게 전개되는 만큼 독자들은 거의 속독하듯 문장들을 훑어 내려가고, 그렇게 소화한 문단들을 시각화해서 흘려보낸다. 어떻게 보면 예전처럼 소설가가 되기 위해 도제식으로 문법을 익히고, 거기에 맞게 문장을 제련해 뽑아내고, 다시 문단을 나누어 의미를 담을 필요가 없어진 것이다.

손으로 쓰든 발로 쓰든 재미만 있으면 된다. 그렇기 때문에 웹소설에서 문체는 작품의 내적인 완성도나 어떤 의미 따위가 아닌, 오로지 독자들에게 소설의 재미를 더 잘 전달하기 위한 도구로 봐야 한다.

묘사는 짧고 간결하게

웹소설의 재미를 배가시키기 위한 문체란 무엇일까? 첫째, 문장이 짧고 단순해야 한다. 굳이 인물이나 배경의 묘사를 길게 늘어놓는다거나, 난해한 용어를 쓸 필요가 없다. 보통의 소설에서는 이런 것들이 중요한 요소지만, 웹소설에서는 그것들이 다른 의미에서 중요하다.

이렇게 정의해보면 어떨까? 일반 소설은 작가가 쓰는 것이지만, 웹소설은 독자가 보는 것이다. 이해가 되는가? 어떤 의미에서는 그래서 웹소설의 문장을 쓰는 게 더 어려울 수도 있다. 그래서 웹소설도 마찬가지로 계속 써봐야 한다. 그리고 계속 읽혀봐야 한다.

나 역시 일반 소설을 쓰던 습관이 남아 있어서 처음 문피아 공모전에 《조선 해양왕》을 연재할 때 무의식적으로 난해한 용어를 쓰곤 했다. 그나마 장르가 대체역사여서 어느 정도 허용되었기에 망정이지, 다른 장르였다면 독자들의 참을성이 금세 바닥났을 것이다. 처음에는 나도 잘 인식하지 못했지만, 이런 댓글이 달리면서 알게 되었다.

'여기서 무슨 예술작품 쓰세요? 뭘 이리 어려운 말을 쓰고 그러시오?'

'백과사전도 아니고 인물 설명이 왜 이리 길지? 나만 그렇게 느끼나?'

'헉, 이런 걸 누가 읽으라고. 나는 이만 하차합니다.'

웹소설의 댓글 문화에 익숙하지 않았던 나는 적잖이 충격을 받았다. 그다음부터는 어쭙잖게 '문자'를 쓰지 않고, 최대한 읽기 쉽게 쓰려고 노력하고 있다.

웹소설을 많이 읽어본 작가들, 독자들은 익히 알고 있겠지만 소설을 읽다 보면 종종 비문이나 오문, 그리고 오탈자도 보인다. 일반 소설에서는 매우 보기 드물지만 날마다 실시간으로 연재해야 하는 웹소설에서는 자주 보이는 일들이다. 공교롭게도 맞춤법이 틀렸을 때는 독자들이 댓글로 바로잡아 준다. 그러면 '감사합니다'라는 답글을 달고 작가가 직접 수정하면 된다. 맞춤법 때문에 독자들이 문제 삼거나 화를 내는 경우는 드물다. 독자들이 분노할 때는 오로지 이번 화가 재미없거나 억지스럽거나 작가가 연재 시간을 지키지 못했을 때다.

둘째, 웹소설의 재미를 배가시키기 위해서는 가능한 한 대화를 많이 써야 한다. 소설에서 대화는 인물의 성격이나 갈등을 드러내는 도구이면서, 이야기를 진전시키는 기능도 가지고 있다.

웹소설의 경우는 이런 부분이 더 크다. 인물들의 긴장과 갈등 속에서 빠르게 오가는 대화와, 그것들을 통해 급박하게 전개되는 서사, 그리고 하나둘씩 밝혀지는 전말들, 이런 것들을 대화가 아닌 서술로 풀어나가다 보면 자칫 지루해질 수 있다.

또 한 가지, 웹소설에서는 주인공의 활약에 대한 주변인들의 반응이 굉장히 중요하다. 영화나 드라마, 웹툰에서는 그것들을 인물들의 표정으로 잠깐 보여주겠지만, 앞에서도 거듭 설명했듯이 웹소설에서 주인공은 독자가 빙의한 아바타와 같기에 주인공에 대한 반응이 무척 중요하다. 앞서 신화 구조에서 설명한 요소들 중 '보상'에 꼭 포함되어야 하는 게 바로 주변인의 반응이다. 그들은 틀림없이 자신만의 언어로 감탄을 쏟아낼 것이며, 때로는 협력자와 방해꾼이 서로 날 선 대화를 쏟아내며 반신반의하게 될 것이다. 이 과정에서 대화의 역할은 무척 중요하다. 일반 소설에서 대화는 말 그대로 인물들 간에 주고받는 대화이겠지만, 웹소설의 대화는 '독자가 주인공을 통해 듣고 싶은 칭찬'이기도 하다. 그런 점에서 작가는 웹소설 속 대화의 다음과 같은 기능에 대해 더 신경을 써야 한다.

1. 인물의 갈등을 보여줌
2. 이야기를 전개함
3. 주인공에 대한 반응을 여실히 드러냄

셋째, 웹소설의 문장은 시각적이어야 한다. 대화가 서술의 기능을 상당 부분 감당하기에, 사실 서술 자체는 단문일 가능성이 크다. 그렇

기 때문에 웹소설에서의 서술은 드라마 대본이나 시나리오의 지문과
도 같다. 서술은 어디까지나 시나리오의 지문처럼 독자들이 핸드폰을
통해 들여다보는 스크린 속 상황을 보여주는 것이다. 시각적이라고 해
서 묘사가 많다고 생각해서는 곤란하다. 묘사가 많아질수록 서사 전
개의 속도는 느려지고, 독자가 상상할 여지도 줄어들기 때문이다. 묘
사 역시 간단해야 한다.

1. 그녀의 달빛을 머금은 눈빛은 마치 수선화처럼 은은하게 반짝이
   며 내 가슴을 요동치게 했다.
2. 처음 보는 눈빛이었다. 가슴이 마구 떨렸다.

어떤 게 더 그럴듯한 표현일까? 1번은 공들여 '그녀'의 모습을 자세히
묘사한 문장이고, 2번은 '그녀'라는 주어도 없는 단순한 서술이다.

웹소설에서는 당연히 2번의 문장이 더 유리하다. 이미 앞에서 '그
녀'라는 존재는 등장해 있을 것이며, 이 서사는 어디까지나 주인공의
시점에서 전개되고 있을 것이다. 독자 역시 주인공을 통해 서사에 깊
이 몰입해 있는 상황이고, 이미 자신만의 상상력으로 '그녀'의 모습을
바라보고 있을 것이다. '가슴이 마구 떨렸다' 정도만 서술해도 주인공
이 '그녀'에게 끌리고 있음을 충분히 알 수 있다. 독자들 역시 설렘을

느낄지도 모를 일이다.

　그러나 1번의 경우는 자칫 작가가 독자들에게 마치 이 상황을 이렇게 인식하고, 이런 감정을 느껴야 하는 것처럼 강요하는 모양새로 읽힐 수 있다. 몇몇 독자들은 짜증을 낼지도 모른다. 심지어 웹소설은 한 회차당 글자 수가 어느 정도 정해져 있다는 점을 고려할 때, 어떤 독자들은 엄한 장면에 비중을 실었다며 불평할 수도 있다.

　다시 한번 명심하자. 웹소설은 작가가 쓰는 것이 아니라, 독자가 보는 것이다. 어찌 보면 말장난 같은 문장이지만 계속 곱씹다 보면 다시금 선명해지는 것들이 있다. 작가 역시 웹소설을 쓸 때 한 문장, 한 문장을 쓴다기보다, 지금 스크린에 영화가 한창 상영되고 있다고 생각하고 지문을 빠르게 받아쓴다고 생각해보자. 사실상 머릿속으로 이야기가 펼쳐지는 것이니 같은 맥락일 수도 있겠다. 그것들을 굳이 '문학'으로 또는 '문장'으로 애써 빚어내지 말고, 여과 없이 그냥 지문으로 쏟아내는 것이다. 이렇게 하면 글이 더 빨리, 더 쉽게 써질 것이다.

　재미만 있다면 나머지 흠들은 독자들이 이해해줄 것이다. 친절하게 댓글로 맞춤법까지 짚어줄 테니까.

● 질문 11

당신이 준비하고 있는 웹소설의 한 장면을 가져와서
본문의 내용에 맞게 줄여보자.
다 줄였다면 거기서 서술이나 묘사를 좀 더 줄이고,
대화를 좀 더 늘려보자.
맞춤법이나 문장에 신경 쓰기보다 핸드폰으로 볼 때
읽기 편한 단문인지, 술술 읽히는지, 그리고
대본의 지문처럼 장면이 잘 떠오르는지 검토해보자.

15

주인공은 '나'인가, '그'인가?

웹소설의 시점에 대하여

웹소설도 일반 소설과 마찬가지로 1인칭과 3인칭 시점을 주로 사용하지만, 어디까지나 독자의 재미와 몰입감을 위해 쓰인다는 점에서 보통의 소설과는 궤를 달리한다.

　우선 소설의 시점은 이야기 속에서 말하는 화자에 따라 달라지는데, 말 그대로 소설 속의 '나'가 '썰'을 풀어나가면 1인칭 시점, 소설 밖의 서술자가 이야기를 풀어나가면 3인칭 시점으로 본다. 여기서 다시 '나'가 주인공으로서 주도적으로 이야기를 전개하면 1인칭 주인공 시점, '나'가 관찰자로서 주요 인물들의 이야기를 관찰하면서 풀어나가면 1인칭 관찰자 시점이 된다.

　한편 소설 밖의 서술자가 모든 등장인물의 생각과 감정, 심지어 미래와 운명까지 꿰뚫어 보며 이야기를 펼쳐나갈 때 이를 전지적 작가 시점이라고 한다. 반면 소설 밖의 서술자가 등장인물들과 거리를 두고, 관찰자 입장에서 객관적으로 이야기를 펼쳐나가는 것을 3인칭 관찰자 시점이라고 한다.

소설 쓰기에 관심이 있는 사람이라면 여기까지는 알고 있을 것이다. 다만 일반 소설에서는 1인칭과 3인칭, 심지어 '당신'이 주체가 되는 2인칭까지 폭넓게 쓰이지만, 웹소설에서는 주로 쓰이는 시점이 어느 정도 정해져 있다는 점을 유념해야 한다. 앞에서 강조한 웹소설의 특성을 다시 한번 찬찬히 떠올리며 생각해보자. 웹소설에서는 어떤 시점이 쓰일까? 질문을 바꿔보자. 웹소설에서는 어떤 시점이 쓰일 수밖에 없을까?

독자가 원하는 시점

일단 웹소설은 소위 대하소설에 버금갈 정도로 방대한 서사가 바탕이 되기에 수많은 인물이 등장할 수밖에 없다. 비록 주인공을 중심으로 이야기가 펼쳐지지만 그 많은 인물들의 생각과 계략, 반목과 승복, 지지와 충성 등의 감정을 아우르려면 1인칭 시점으로는 한계가 있다. 같은 맥락에서 3인칭 관찰자 시점으로도 역부족이다. 그래서 웹소설에서 가장 많이 쓰이는 시점은 단연 전지적 작가 시점이다.

나 역시 첫 웹소설《조선 해양왕》과 두 번째 웹소설《신흥무관학교 1919》를 쓸 때 큰 고민 없이 전지적 작가 시점을 선택했다. 전지적 작가 시점을 활용하면 주인공의 시점에서 이야기를 펼쳐나가면서도, 주변 인물들의 반응과 복심, 그리고 전략까지 다 아우르며 쓰기에 편하기 때문이다. 독자의 입장에서 보면 카드 패를 다 오픈한 상태에서 게임을 진행하는 셈이다.

물론 독자들에게 이야기의 결말을 다 보여줄 필요는 없다. 다만 독자들은 주인공만큼이나 적수의 생각을 알고 싶어 한다는 것을 기억하자. 주인공은 이미 적수의 뒤통수를 칠 카드를 손에 쥐고 있다. 그러나 이것을 모르는 적수는 분명 주인공을 위기에 빠뜨리려는 전략을 세우며 즐거워할 것이다. 이때 독자들은 소설 속 적수들의 '달콤한 상상'을 보며 벌써부터 어떻게 당할지 궁금해진다. 독자들은 이미 다음 화가 어떻게 전개될지 알고 있다. 다만 빨리 다음 화를 통해 확인하고 싶을 뿐이다.

전지적 작가 시점은 이런 주인공과 적수, 그리고 주변 인물을 넘나들며 한 사건에 얽힌 등장인물들 사이의 갈등과 의도를 드러내기에 용이하다.

웹소설에서 보통 한 사건이 어떤 패턴으로 전개되는지 간단히 짚어보자.

여기서 생각해보자. 주인공이 행동에 돌입하고, 이를 알아챈 적수가 계책을 세우고, 다시 주인공이 거기에 대응하고, 잠시 적수가 우세를 점하다가, 주인공이 꺼낸 히든카드에 나가떨어지고, 마침내 주인공은 멋진 승리를 쟁취한다. 주변 인물들은 그 모습을 보며 충격을 받거나 경악할 것이고, 같은 팀이라면 환호할 것이다. 그러나 주인공은 이에 아랑곳하지 않고 다음 행동에 돌입할 것이다.

이 모든 일련의 과정과, 그 속에 등장하는 인물들의 복심을 1인칭 시점이나 3인칭 관찰자 시점으로 표현할 수 있을까? 물론 어떤 시점으로도 표현은 가능하며, 일반 소설들 역시 다양한 시점을 차용하고 있다. 그러나 적어도 웹소설의 독자들은 주인공을 통해 소설 속의 세계를 '전지적'으로 지배하고자 하며, 때로는 댓글이나 쪽지를 통해 '전지적'인 작가에게도 영향을 미치고자 한다는 점을 잊지 말자. 특이하게도 웹소설에서만큼은 '전지적 독자 시점'이 성립되는 셈이다. 이런 맥락을 고려할 때 단연 전지적 작가 시점을 쓰는 게 좋다.

주인공 = 독자 = 나

웹소설의 특성을 더 잘 꿰고 있는 몇몇 프로 작가들은 여기서 한발 더 나아가 부분적으로 1인칭 주인공 시점을 혼용하고 있다. 결국 독자가 소설에 가장 잘 몰입할 수 있는 주체는 '나'다. 소설 속 주인공이 스스로를 '나'로 지칭하며 이야기를 펼쳐나갈 때 독자들은 마치 자기 자신의 일기를 읽어 내려가듯 자연스럽게 주인공한테 동화되기 마련이다.

그러나 1인칭 시점은 어디까지나 '나'의 시선에서만 이야기를 펼쳐나가야 하므로 다양한 인물들의 속마음을 표현하거나, 여러 장소에서 벌어지는 이야기를 실시간으로 아우르기 힘들다. 이것을 보완할 수 있는 방법은 장면을 구분해서 1인칭 주인공 시점과 전지적 작가 시점을 같이 쓰는 것이다. 주인공이 등장하는 핵심 장면은 주인공 '나'가 직접 서술하는 방식으로, 그밖에 제3의 인물들이 제3의 장소에서 펼쳐나가는 이야기는 문단 사이에 '***'와 같이 장면을 구분하는 기호를 넣고, 그다음에 전지적 작가 시점으로 서술하는 식이다.

내가 푹 빠져서 읽었던 웹소설들 중 상당수가 이렇게 독자의 몰입도를 높이려고 두 가지 시점을 같이 썼다. 나 역시 이렇게 써보고 싶기는 하지만 아직은 전지적 작가 시점이 편하다. 어느 쪽이든 자신에게

맞는 시점을 활용하되, 신인이라면 우선 한 가지 시점에 집중하는 게

좋겠다.

● 질문 12

사실 내게 맞는 시점을 찾기 위해서는 직접 써보는 게
최선이다. 지금 바로 앉은 자리에서 당신의 소설 속
주인공이 활약하는 장면을 한번 써보자. 적들이 주인공을
위협하고, 주인공이 맞서 싸우고, 끝내 적을 물리치고,
주변 인물들이 여기에 탄복하거나 경악하는 대목까지
들어가야 한다. 주인공이 장면을 이끌어가되,
이해관계에 따라 적과 동료, 그리고 제3자의 관점이
빠르게 교차할 것이다. 한 장면을 무리 없이 써냈다면,
그리고 시점을 이어가는 데 걸림이 없었다면 바로 그것이
당신에게 맞는 시점일 가능성이 크다.
누구의 시점으로 이야기가 시작되었으며, 이야기는 무난하게
마무리되었는가? 중요한 건 '나'가 주인공이든 '그'가 주인공이든
웹소설에서는 그 모든 시점이 한길로 통한다는 것.
바로 '전지적 독자 시점'이다. 그 의미를 이해한다면
당신은 이미 웹소설 작가다.

16

고쳐 쓰기와 점검할 것들

체크리스트

당신이 앞 장의 지침에 따라 웹소설을 쓰기 시작했고, 어느 정도 회차가 쌓이기 시작했다면 자신만의 체크리스트를 만들고 한 화를 쓸 때마다 검토해보는 게 좋다.

여기서는 당연히 퇴고할 때 유념해야 할 사항들도 있고, 작가 스스로 점검해볼 내용도 있어야 하며, 독자 입장에서 다시금 확인해야 할 주의사항도 포함되어야 한다. 각각의 항목들이 주제별로 일목요연하게 정리된 체크리스트를 보며, 내가 쓴 글을 다시 읽어보는 것이다. 그러다 보면 곧바로 수정해야 할 부분도 보이고, 다음 회차를 쓸 때 염두에 둘 것도 떠오른다.

체크리스트는 기나긴 웹소설 연재의 여정에서 작가의 중심을 잡아주는 이정표 역할을 한다. 이미 여러 질의 웹소설을 완결한 작가라면 그것들이 어느 정도 내면화되어 있을 수도 있지만, 신인이라면 수시로 그것들을 확인하며 자신이 가는 길을 다시금 돌아보아야 한다.

웹소설 작가가 가는 길은 한길이다. 재미있는 작품을 쓰면서 독자들에게 더 많은 사랑을 받고, 그에 비례하는 인세를 받으며 계속 작가 생활을 이어나가는 것이다. 나의 체크리스트 중 일부를 공개한다.

나의 체크리스트

1. 인물

주인공

✦ 이번 화에서 주인공의 매력이 충분히 드러났는가?

✦ 주인공의 매력이 부족했다면 다음 화에서 드러날 만한 사인이 있었는가?

✦ 주인공을 보는 주변 인물들의 반응이 잘 표현되었는가?

✦ 주인공이 일정한 성장과 보상을 얻었는가?

✦ 다음 화, 또는 다다음 화에서 주인공에게 보상이 따른다면, 이번 화에서 빌드업이 충분히 되었는가?

✦ 독자의 입장에서 주인공의 행보에 대해 불만을 갖게 될 소지는

없는가?

✦ 주인공의 선택은 우유부단하거나 부당하지 않았는가?

✦ 주인공의 언행이 유치하거나 과장되지 않았는가?

✦ 주인공의 눈빛, 표정, 복장, 걸음걸이가 잘 표현되었는가?

적수

✦ 이번 화에서 적수는 이야기에 긴장감을 주었는가?

✦ 적수는 주인공에게 충분한 위협이 되면서도, 적당한 서스펜스를 유발했는가?

✦ 적수가 지나치게 우스꽝스럽거나 비현실적으로 묘사되지 않았는가?

✦ 적수와 그 배후 세력이 충분히 사실적·입체적으로 그려졌는가?

✦ 적수의 비중이 주인공보다 과하지 않은가?

✦ 적수의 악행이 극에 긴장감을 주고, 주인공이 가는 길에 동기부여가 되는가?

주변 인물

✦ 주인공에 대한 주변 인물의 반응이 적절하게, 적당히 표현되었는가?

✦ 이번 화에 처음 등장하는 인물이 있는가? 독자 입장에서 계속

보고 싶은 인물인가, 아니면 그냥 도구에 불과한가?

✦ 주변 인물들이 지나치게 평면적·도구적으로 그려지지 않았는가?

✦ 주변 인물들 중 통합하거나 삭제해도 좋을 캐릭터는 없는가?

2. 플롯

✦ 다 필요 없고, 쭉 읽다가 흥미가 떨어지는 지점이 있는가?

✦ 이번 화의 후반부는 다음 화가 궁금해지도록 설계되었는가?

✦ 이번 회차를 결제한 독자 입장에서 내용의 진전이 부족하다고 느껴지지는 않겠는가?

✦ 전개가 억지스럽거나 고증이 부족한 부분은 없는가?

✦ 전체적으로 주인공의 비중은 우선적으로 확보되었는가?

✦ 재미도 있고 사이다도 있지만, 너무 과하거나 비현실적이라 외려 긴장감이 떨어지는 부분은 없는가?

✦ 전체적인 인물들의 능력치에 대한 밸런스가 적절하게 배분되거나 유지되고 있는가?

✦ 이번 회차 안에서도 일정하게 기승전결이 확보되었는가?

✦ 이번 회차에 달릴 댓글들이 예상되는가?

3. 대화와 서술

✦ 인물들 간의 대화는 적절하게 진행되었는가?

✦ 대화는 주인공 중심으로 비중이 적절히 배분되었는가?

✦ 다음 화를 위해 숨겨도 좋을 진술을 성급하게 꺼내지 않았는가?

✦ 분량을 채우는 것처럼 보이는 의미 없는 대화나 반복되는 서술은
  없었는가?

✦ 역사적 사실이나 특정 개념에 대한 고증은 확실히 하였는가?

✦ 비문이나 오문 등 기본적인 맞춤법 검사를 하였는가?

✦ 전체적인 서술이나 묘사가 눈에 생생히 보이는가?

✦ 이번 회차의 분량을 독자들이 아쉽게 생각하지 않을까?

4. 장면과 배경

✦ 이번 회차의 장면은 두세 개 이내에서 적절히 배정되었는가?

✦ 독자 입장에서 배경이 생생하게 묘사되었는가?

✦ 장면 전환이 부자연스럽거나 작위적으로 느껴지지 않는가?

✦ 인물들의 이동과 관련해서 장소의 오류는 없는가?

✦ 배경상 트릭이나 단서가 될 만한 것이 있다면, 그럴듯하게 표현되
  었는가?

✦ 만약 이번 화에 수인공이 등장하지 않는다면 그는 어디에 있고,

왜 그곳에 있는가? 배경상 당위성이 충분한가?

✦ 이번 화의 마지막 장면은 인상적인가? 독자들의 반응이 예상되는가?

● 질문 13

소설을 쓰기 위한 체크리스트가 준비되었는가?

체크리스트 없이 소설을 쓰고 있다면,

지금 당장 나만의 체크리스트를 만들어보자.

그리고 그것을 출력해서 책상 앞에 붙여두자.

이 체크리스트는 앞으로 당신의 작가 생활에

나침반이 되어줄 것이다. 당신이 어디서 헤매든

당신은 다음 화, 또 다음 화를 쓰고 나서

다시 이 체크리스트를 바라보며

지금 서 있는 위치를 가늠할 것이다.

체크리스트를 계속 보는 한 당신은 잘 가고 있는 것이다.

17

웹소설 작가의 일과

글 쓰는 시간과 루틴

웹소설 연재는 장기전長期戰, 그것도 초장기전이기에 자기 관리가 글의 성패를 좌우하게 마련이다. 이야기를 아무리 재미있게 시작했어도 100화가 넘어가면서부터는 소위 '뇌절[*]'할 가능성이 높은데, 어느 정도 자신만의 루틴을 가지고 체력 관리를 하면서 글을 써온 작가들은 대개 무리 없이 고비를 잘 넘긴다.

작가의 생활 패턴에 따라 아침형 인간도, 저녁형 인간도 있을 것이다. 작가들은 대부분 밤에 글을 쓰는 경우가 많은데, 나 역시 마찬가지였다. 밤이 되면 감성이 풍부해지고 뇌가 활성화되면서 이야기가 술술 나오는 것이다. 그러다 보니 저녁에 글을 쓰기 시작해서 해가 뜨는

[*] '뇌의 회로가 끊어진다'는 의미로, 본래 말이나 행동을 반복하면서 상대를 질리게 하는 것을 지칭하는 용어였으나, 어떤 말이나 행동 때문에 뇌가 작동을 멈춘다거나 사고가 정지된다는 의미로도 확장되어 쓰이고 있다.

아침에 마무리하고 잠들 때가 많았다.

그러나 20, 30대에는 가능했던 그 루틴이 40대에 접어들면서 불가능해지기 시작했다. 체력이 받쳐주지 못했던 것이다. 밤에 글을 쓰고 새벽에 잠든 날에는 아무것도 하지 못한 채 졸기만 했다. 그러다 보니 건강에도 무리가 생겼다.

'이런 식으로 언제까지 계속 글을 쓸 수 있을까?'

어느 순간 덜컥 겁이 났고, 두 번째 작품을 시작하면서는 아침 일찍 일어나서 오전부터 글을 썼다. 하루 분량을 다 쓴 이후에는 반드시 집 근처 공원이나 둘레길을 걸었다. 헬스클럽에도 등록해서 꾸준히 운동하기 시작했다. 그 덕분에 나는 두 번째 작품을 마무리하고, 이제 세 번째 작품을 준비하고 있다.

나의 하루 시간표

나는 웹소설을 쓰는 시간을 축구 경기처럼 전반전과 후반전으로 나눈다. 보통 한 장면을 쓰면 전반전이 지난다. 나는 오전 10시~12시 사이에 보통 전반전을 끝낸다. 점심을 먹고 커피 한 잔을 마시며 후반전 장면을 가볍게 구상한다.

그리고 오후 1시, 후반전 휘슬이 울리면 다음 장면에 등장하는 인물들의 대화를 받아 적기 시작한다. 보통은 3시쯤이면 후반전이 끝나는데, 운이 좋아서 아이디어가 끊이지 않는 날에는 이야기가 계속 나올 때도 있다. 그렇다고 해도 나는 4시를 넘기지 않는다. 자칫 너무 많은 분량을 한번에 써내면 두뇌와 몸에 무리가 가기 때문이다. 적당히 끊고 잠시 쉬면서 오늘 쓴 회차의 이야기를 쭉 읽어본다.

곧바로 연장전을 시작한다. 연장전은 한 시간 정도면 충분하다. 체크리스트를 보면서 지금까지 쓴 글을 검토하고, 적절히 수정하는 것이다. 그 후에는 당연히, 무조건 운동하러 간다.

세계적인 베스트셀러 작가인 무라카미 하루키村上春樹는 소설을 쓸 때 새벽 4시에 일어난다고 한다. 그때부터 대여섯 시간 동안 글을 쓰고, 오후에는 날마다 10킬로미터 정도를 뛴다. 그다음 책을 읽고 음악을 듣다가 저녁 9시에 잠자리에 든다고 한다. 그는 한 작품을 쓰는 내내 이런 루틴을 반복한다.

대문호 어니스트 헤밍웨이Ernest Hemingway 역시 매일 아침 6시만 되면 타자기에 앉았고 정오에 자리에서 일어났다. 쓸 것이 남아 있어도 그는 어김없이 이 루틴을 지키며 다음 날 아침까지 기다렸다고 한다. 그렇기 때문에 헤밍웨이에게 글 쓰는 시간은 더 애틋하게 느껴졌고, 자연스레 집중력도 배가될 수 있었다.

'이야기의 제왕' 스티븐 킹Stephen King은 글쓰기야말로 순간의 영감에서 오는 게 아니라, 끊임없는 노동의 산물임을 강조했다. 그는 매일 2,000단어의 할당량을 정해놓고, 그것을 다 쓸 때까지 자리에서 일어나지 않았다고 한다. 그러면서 그는 하루에 네 시간에서 여섯 시간씩은 반드시 읽고 써야 한다고 말했다.

이들이 지금까지 수많은 작품을 써내며 독자의 사랑을 받을 수 있었던 까닭 중에 하나는 글쓰기 루틴을 하나의 의식처럼 반복했기 때문이다.

웹소설 작가로서 이런 루틴이 잡혀 있다면 아무리 큰 고비가 찾아와도, 톱니바퀴처럼 어떻게든 밀고 나갈 수 있다. 당신이 쌓아가는 루틴이 하나의 톱니가 되고, 또 하나의 톱니가 되어 당신을 지탱하고 이끌어줄 것이다. 그러니 반드시 자신만의 루틴을 만들기 바란다.

● 질문 14

무슨 말이 더 필요한가?

지금 당장 당신만의 웹소설 집필 시간표를 만들어보자.

그리고 거기에 맞게 생활하면서 글을 써보자.

나한테 맞지 않다면 조금씩 수정해가면서

최대한 일정한 루틴을 만들어보자.

그것이 톱니바퀴처럼 견고하게 맞물려서,

종내는 저절로 굴러갈 때까지.

아, 운동 시간은 반드시 포함시켜야 한다. 반드시!

웹소설 작가 되기와
생활하기

웹소설 공모전 노하우

공모전 당선 꿀팁

웹소설 시장이 확대되면서 공모전의 숫자와 규모도 점점 더 커지고 있다. 매년 카카오, 네이버, 문피아 등의 웹소설 플랫폼에서는 거액의 상금을 내걸고 작가 모집에 열을 올린다. 처음 공모전이 열릴 때는 약 15화 내외의 분량을 투고하는 형식으로 작품을 모집했고, 심사위원들이 그것을 심사해서 수상작을 가려내는 전통적인 방식으로 진행되었다.

그러나 웹소설은 다른 문학작품과 달리 독자들의 선택이 가장 중요하고, 결국 독자들이 결제해야 흥행이 되는 분야이기에 선정 방식도 점차 연재 및 조회 수 위주로 바뀌었다.

문피아의 경우는 약 두세 달 정도의 기간을 두고, 작가가 30회 이상 꾸준히 연재한 작품만을 공모전 참가로 인정한다. 또 이 과정에서 조회 수가 가장 높고, 유료화 이후 결제 비율이 높은 작품에 가산점을 준다. 쉽게 말해서 가장 인기를 끈 작품이 높은 자리에 랭크되는 식이다.

다른 플랫폼 역시 15화 내외의 분량을 기준으로, 이제는 문피아처럼 연재 방식을 적용하고 독자 투표의 비중을 높여 공모전을 열고 있다.

그렇다면 이런 웹소설 공모전에서 입상하려면 어떻게 해야 할까?

웹소설 작가로 데뷔하는 방법은 여러 가지가 있지만, 여기에 대해서는 다음 장에서 자세히 설명하기로 하고, 이 장에서는 공모전 노하우를 몇 가지 짚어보려 한다. 아무래도 공모전에 입상하는 것이 플랫폼에 웹소설을 연재하거나, 출판사나 에이전시와 계약할 때 유리하기 때문이다. 우선 현재 국내에서 가장 주목받고 있는 문피아 공모전을 살펴보자.

2021년 문피아에서 주최한 제7회 대한민국 웹소설 공모대전의 공모 요강과 상금은 다음과 같다. 공모전 기간은 40일이며, 1회당 3,000자 이상을 연재하라고 명시하고 있다.

신인 작가들 혹은 습작생들이 하루 3,000자씩 약 두 달간 꼬박 웹소설을 쓰는 것은 결코 쉬운 일이 아니다. 분량만으로 단순히 계산해도 장편소설 한 권을 써내는 것과 마찬가지다. 인간이 되고 싶은 곰과 호랑이가 쑥과 마늘을 먹으며 동굴에서 100일 동안 버티려 했던 이야기도 떠오른다. 그렇다. 지원자들은 앞으로 두 달간 먹고 자고 입는 것

모집 요강

- 공모 부문: 판타지, 무협, 현대물, 스포츠, 로맨스 등 모든 장르의 웹소설[19금 작품 참여 불가]
- 공모 자격: 기성 작가 및 웹소설 작가를 꿈꾸는 누구나 [1인 중복 응모 가능]
- 접수 방법: 문피아 사이트에서 온라인 연재
- 연재 분량: 1회당 3,000자 이상 연재(프롤로그 제외), 최소 30회, 15만 자 이상 (문피아 연재란 기준) 연재

공모전 일정 일정은 진행 상황에 따라 변동 가능

- 응모 기간: 2021년 5월 12일(수) 10시~ 2021년 6월 20일(일) 40일간 진행
- 심사 기간: 2021년 6월 21일(월) ~ 7월 21일(수)
- 결과 발표: 2021년 7월 22일(목) [문피아 홈페이지 및 당선자 개별 공지를 통해 발표]

시상 내역 및 특전

시상	상금+보장인세(권당)	수상자 수
대상	1억 2,000만 원(상금+보장인세+OSMU인세)	1
최우수상	6,000만 원(상금+보장인세)	2
우수상	2,000만 원(상금+보장인세)	3
장려상	300만 원	10
신인상	200만 원	10
특별상	(영상) 200만 원	5

— 제7회 대한민국 웹소설 공모대전 모집 요강

도 제대로 챙기지 못하고 골방에서 독자들이 원하는 글을 써내야 한다. 그래야 비로소 웹소설 작가로서 기본 자질을 갖추게 되는 것이다.

공모전이 시작되면 수천 명에 달하는 지원자들이 일제히 연재를 시작한다. 당연히 하루에 수천 편이 폭포수처럼 연재 게시판에 쏟아진다. 내가 방금 올린 소설은 조금 지나면 벌써 몇 페이지나 뒤로 밀려 있기 마련이다. 아무리 열심히 써서 올려도 며칠이 지나도록 조회 수가 한 자리를 넘지 못하기도 한다. 그러다 보면 자연스레 글을 쓸 의욕이 사라진다.

첫째, 끝까지 완주하라

공모전의 진짜 팁은 사실 바로 여기에 있다. 어찌 보면 지극히 간단한 것인데, 일단 완주하는 것이다. 문피아 공모전의 경우 2021년에 전체 참가자가 무려 5,000명을 넘어섰다. 2019년 내가 참가했을 때는 4,500명이었는데, 그때나 지금이나 다른 공모전에서는 찾아볼 수 없는 어마어마한 숫자라고 볼 수 있다. 그러나 나는 처음부터 그 숫자에 지레 겁먹지 않았다. 찬찬히 모집 요강을 분석했고, 하나의 전략을 도출했다. 공모전이 끝날 때까지 하루도 빠짐없이 완주하자는 것이었다.

어떻게 보면 너무도 간단한 일처럼 보인다. 그러나 공모전이 끝나갈 즈음 이 다짐이 주효했다는 것을 확인할 수 있었다. 5,000명에 가까웠던 경쟁자들이 공모전의 중반을 달리면서는 반 이상 줄었고, 후반을 향해 갈 때는 기하급수적으로 줄어서 200~300명밖에 남지 않았기 때문이다.

비록 공모전에 입상하지 않았더라도, 일단 완주만 할 수 있다면 그는 얼마든지 다음 공모전, 다음 작품에서 승부를 걸 수 있다. 마라톤과 마찬가지다. 아무리 힘들어도 일단 42.195km를 완주한 사람과, 도중에 기권한 사람은 다음 목표 자체가 달라진다. 완주한 사람은 더 상위 그룹이 보이고 메달을 꿈꿀 수 있는 반면, 기권한 사람은 아예 마라톤이라는 종목에 질려 달리기를 포기할 가능성이 높다.

둘째, 그해의 트렌드를 공략하라

네이버의 '2021 네이버웹소설 지상최대 공모전' 역시 예전에는 5,000자 이상의 웹소설 15화와 시놉시스를 받는 형태의 투고식 공모전이었다면, 이번에는 연재 게시판에 15화 이상 연재한 작품들 가운데 예선과 본선을 거쳐 올라온 작품들을 놓고 편집부가 최종 심사를 하는 연재 방식으로 형태가 바뀌었다. 네이버의 심사 기준은 다음과 같다.

> ━━ 완성도 : 연재소설로서 적합한 스토리 전개 능력과 문장력을 갖췄는가?
> ━━ 성실성 : 공모전 심사 기간 동안 연재를 꾸준히 진행했는가?
> ━━ 창의성 : 서사 구성에 있어 작품만의 개성이 돋보이는가?
> ━━ 대중성 : 서사에 몰입할 수 있는 재미, 흥미 요소가 충분한가?
> ━━ 모바일 친화도 : 모바일 환경에서 감상하기에 적합한가?

얼핏 보면 심사 기준이 꽤 까다롭다고 볼 수도 있고, 이것들을 어떻게 다 평가할 수 있을까 싶지만 사실 기준은 간단하다. 연재하는 동안 얼마나 많은 독자들의 사랑을 받았고, 얼마나 많은 인기를 끌었느냐가 결국 이 모든 항목의 척도가 될 것이기 때문이다.

이것을 뒤집어서 생각해보면 공모전의 아주 중요한 또 하나의 팁이 나온다. 그것은 바로 그해 해당 플랫폼의 인기 장르나, 트렌드를 공략하는 것이다. 웹소설도 마찬가지로 유행이 있고, 그때그때 독자들이 선호하는 내용이 있다.

내가 2019년에 문피아 공모전에 참가했을 당시, 가장 핫한 키워드

중 하나가 '망나니'였다. 소위 '힘숨찐', 즉 힘을 숨긴 찐따가 나와서 주위의 예상을 뒤엎고 활약하는 내용이 인기가 많았던 것이다. 트렌드는 매년 바뀐다. 어떤 해에는 '게임물'이 대세였고, 어떤 해에는 '아카데미물'이 대세였다. 이렇듯 플랫폼별로 그해의 가장 인기 있는 트렌드를 분석해, 거기에 맞는 작품을 준비한다면 독자들의 관심을 끌기에 한결 수월할 것이다.

2021 원스토어 북스 웹소설 공모전 같은 경우 예선은 5,000자 이상의 웹소설 15화 이상과 시놉시스를 받아서 심사하고, 본선에서 연재를 통해 승부를 가리는 방식으로 진행했다. 이 역시 투고식과 연재식 공모전을 병행했는데, 원스토어의 경우 여러 심사 기준 중 한 가지가 더 눈에 들어온다.

──── 확장 가능성-IP로서 웹툰화, 영상화, 게임화 등 OSMU[*] 가능성이 있는가?

바로 '원 소스one source', 즉 이 하나의 이야기 콘텐츠를 가지고 웹툰이나 영상 등으로 확장이 가능한지를 검토한다는 이야기다. 수상작의

●● one source multi use. 하나의 소재를 다른 장르로 확장하는 전략.

특전 중 하나도 '100% 웹툰으로 제작'한다는 것이다. 만약 이런 공모전에 도전한다면 최근에 인기 있는 웹툰의 트렌드를 같이 살펴보는 것도 좋겠다.

여기서 한 가지 짚고 넘어갈 점이 있다. 그때그때 트렌드를 분석해 공모전에 도전한다면 분명 수상 가능성을 한층 높여줄 것이다. 그런데 신기하게도 대부분의 플랫폼에서 매년 대상을 수상하는 작품은 대개 트렌드와는 거리가 멀었다. 오히려 대상을 수상하면서 그 작품이 새로운 트렌드로 부상하는 경우도 많았다. 일단 대상 수상작이 결정되면, 그 이후로 대상작의 제목에서 키워드를 딴 작품들이 해당 플랫폼에서 우후죽순으로 연재되곤 했다.

트렌드를 선도하느냐 따라가느냐, 결국 정답은 없다. 다만 신인이라면 후자를 선택하는 게 안전하다는 것이 내 생각이다. 그렇게 두세 작품을 연재하고 나면 슬슬 새로운 소설에 도전하고 싶은 마음이 들 것이고, 새로운 장르가 눈에 들어올 가능성이 높다. 공교롭게도 대상을 수상한 사람들 중 상당수가 기성 작가들이다. 잊지 말아야 한다. 웹소설은 작품성이 아닌 대중성으로 승부해야 한다는 것을.

셋째, 연참에 도전하라

연재식 공모전의 경우에는 '연참連斬'이 필요하다. '연참'이란 무협소설에서 나오는 '연속으로 벤다'는 뜻에서 파생된 웹소설 용어로, 작가가 웹소설을 한 번에 2화 이상 연재하는 것을 의미한다.

독자들 입장에서는 당연히 작가의 연참을 선호할 수밖에 없다. 또한 문피아 실시간 순위의 경우 최근 올린 회차의 24시간 조회 수를 가지고 산정하기 때문에, 연참하면 조회 수를 높이는 데도 유리하고 순위의 상단에 오래 머물러 있기에도 용이하다.

그러나 신인에게 연참은 '양날의 검'이다. 자칫 하루에 2화 이상을 쓰다 보면 금세 아이디어가 떨어지고, 연참이 거듭되면 체력도 빨리 고갈된다. 그 영향으로 인해 이야기의 개연성이 떨어지고 여기저기 허점이 생길 가능성도 커진다. 마라톤에서 초반에 전력 질주를 하는 것과 같은 셈이다.

연재를 하다 보면, 그럼에도 불구하고 하루에 2화 이상을 뽑아내며 쭉쭉 치고 나가는 작가들을 종종 볼 수 있다. 그들 중에는 심지어 작년, 혹은 재작년에 이미 같은 공모전에서 입상한 기성 작가도 있다. 뭔가 부당한 경주를 하고 있는 것 같아 슬그머니 부아가 치밀 수도 있다.

넷째, 비축분을 준비하라

그런데 기성 작가들, 심지어 연참하며 달리는 작가들을 따라잡는 방법이 한 가지 있다. 바로 공모전을 준비하며 연재 화 수를 어느 정도 미리 써서 쌓아두는 것이다. 작가들에 따라서 짧게는 10여 화, 많게는 20~30화를 써두기도 한다. 연재하다 보면 어떤 작품은 아예 독자들 반응이 나오지 않아 부득이하게 연재를 중단할 수도 있다는 점을 고려할 때 너무 많은 화 수를 써두는 것은 위험하다. 대부분의 신인은 다른 공모전을 같이 준비하기 때문에 공통분모를 찾아 15화 내외로 써두는 게 좋다.

보통 연재식 공모전의 경우는 작가들이 초반에 기선 제압을 위해 하루에 2화씩 연참을 어느 정도 한다. 그렇게 일주일 정도 연재하다 보면 약 10여 명 내외의 선두그룹이 생기는데, 첫 페이지에서 순위 다툼을 하게 되니 자연스레 조회 수도 높아진다. 15화 정도를 미리 써두었다면 이때 연참을 하면서 같이 따라갈 수 있다.

나는 《조선 해양왕》으로 웹소설 공모대전에 처음 뛰어들 당시 미리 30여 화를 써두었다. 혹여 중간에 연재하다가 퍼질까 봐 비축해두기도 했지만, 나 스스로 이게 과연 계속 연재할 만한 소설인지 확인하고 싶은 마음도 컸다. 그 덕분에 초반에 다른 작가들이 연참할 때, 나도 연참을 할 수 있었다. 나는 한술 더 떠 독자들의 이목을 끌고자 초반에 중요한 전쟁을 빵빵 터뜨리며 긴장감을 높였다.

그러나 15화가 넘어가면서부터는 독자들의 반응이 엇갈리면서 미리 써둔 나머지 15화를 계속 갈아엎어야 했다. 또한 재미있는 부분을 초반에 집중해서 보여주다 보니 뒤로 갈수록 긴장감이 떨어질 수밖에 없었다. 다행히 공모전을 완주하고 유료화에 들어가서 장려상까지 수상할 수 있었지만, 지금 생각하면 여러 가지로 아쉬운 점이 많다. 차라리 다른 작가나 대중을 너무 의식하지 말고, 온전히 작품의 재미에 집중했다면 어땠을까?

다섯째, 재미, 재미, 재미있게!

결국 가장 중요한 팁은 '재미있게 쓰는 것'이다. 공교롭게도 최근 문피아 공모전에서 대상을 수상한 작품들은 공모전이 시작되자마자 연참을 쏟아낸 작가들의 소설이 아닌, 일주일 정도 지난 후에 뒤늦게 참가한 작품들이 대부분이다. 그들은 하나같이 '역주행 신화'를 썼고, 공모전 후반부로 가면서 갑자기 순위가 치솟으며 주목을 받았다. 간단하다. 다음 화, 또 다음 화가 너무 궁금할 정도로 재미있게 썼기에 일정 분량을 넘어서도 연독률이 유지되면서 강물을 거슬러 오르듯 상위 그룹으로 올라섰고, 입소문을 타기 시작하면서 선두그룹으로 치고 올라온 것이다.

만약 일정 분량만 가지고 심사위원이 평가하는 방식의 공모전이었다면 이런 일은 결코 일어나지 않을 것이다. 그러나 심사 자체를 온전히 작가의 연재와 독자의 선택에 맡긴다면 그 작품이 얼마나 재미있는지, 독자들이 얼마나 결제했는지에 따라 순위가 정확히 갈린다. 공모전 자체도 이제 하나의 서사가 된 셈이다.

그렇기 때문에 나는 공모전에 도전하지 않더라도 매년 공모전 흐름을 유심히 살펴본다. 올해는 어떤 장르와 어떤 트렌드의 소설이 많이 연재되고 있는지, 어떤 작품이 상위에 랭크되었고 또 어떤 작품이 역주행하고 있는지 살펴보면서 나 역시 그 흐름에 뒤처지지 않으려고 노력한다.

공모전의 당선 여부는 어쩌면 중요한 게 아닐지도 모른다. 중요한 것은 내가 웹소설 작가가 될 자질이 있는지, 계속 쓸 수 있는지, 그리하여 마침내 안정적인 수입을 확보해 웹소설 작가로 살 수 있는지, 바로 그것이 아닐까?

답은 이미 나와 있다. 일단 연재식이든 투고식 공모전이든 공통분모에 해당하는 5,000자 이상의 웹소설 15화와 시놉시스를 준비하자.

이것을 2부에서 설명했던 작법들에 유념해 첫째도 재미, 둘째도 재미, 셋째도 재미있게 쓰는 것이다. 이쯤 되면 슬그머니 의문이 생길지도 모르겠다. 어떻게 하면 재미있는 웹소설을 쓸 수 있을까? 혼자 골방에서 습작하며 소설을 고치고 또 고친다고 해서 재미있는 작품이 나올까?

방법은 오직 한 가지다. 지금 당장 웹소설 플랫폼에 연재를 시작하자. 그리고 내 소설에 대한 독자들의 반응을 살펴보자. 내가 만든 주인공이 어떤 행동을 할 때 독자들이 열광하는지, 어떤 선택을 할 때 분노하는지 직접 써가면서 피부로 느껴보자. 그것이 곧 실력을 키우는 동시에 인기 웹소설을 쓰는 가장 빠르고 정확한 비결이 될 것이다.

다음 장에서는 공모전이 아닌 지금 바로 연재로 데뷔하는 방법을 살펴보자.

19

웹소설 연재로 데뷔하기

작가가 되기 위해 필요한 것들

사실 나는 공모전에 투고하는 것보다 플랫폼에 직접 연재하는 쪽을 추천하고 싶다. 연재 방식의 공모전에 참가하다 보면 처음부터 조회 수가 앞서나가야 한다는 생각에 자칫 무리한 연재를 하기 쉽다. 시작부터 연참을 쏟아내거나, 찬찬히 빌드업하며 주인공의 매력을 보여줘야 할 시점에 다짜고짜 큼직한 사건부터 터뜨릴 수 있다. 그러다 보면 초반 순위에서 앞설 수는 있어도 끝까지 완주하기는 힘들다.

이쯤 되면 스스로 자문해봐야 한다. 나는 왜 웹소설을 쓰고 있는 가? 내가 쓰고 싶은 이야기를 쓰면서 생계에도 보탬이 되고, 나아가서는 은퇴 이후에도 오래오래 글을 쓰면서 여유 있게 살고 싶기 때문이 아닌가? 사실 웹소설 작가처럼 정년도 없고 열심히 쓰면 쓸수록 돈을 벌 수 있는 직업은 많지 않다.

요즘에는 각 웹소설 플랫폼마다 자유연재 게시판을 두고 있다. 예전에는 자신의 소설을 대중에게 선보이려면 일정 분량을 출판사에 투고 해야 하고, 그중에서도 극소수만 종이책으로 출간되는 식이었지만, 이제는 누구든지 웹소설 플랫폼에 작가로 등록해서 자신의 이야기를 자유롭게 업로드할 수 있게 되었다.

가장 많은 이들이 자유연재를 하는 플랫폼 중 하나가 문피아다. 문피아에는 작가 등급이 세 가지가 있는데 처음 가입 후에는 누구나 '자유연재' 게시판에 글을 올릴 수 있다. 그리고 자유연재 게시판에서 약 7만 5,000자 이상을 쓰면 '일반연재' 게시판에 글을 올릴 수 있게 된다. 자유연재 게시판은 일반연재 게시판으로 가기 위한 하나의 발판이자 일종의 습작 게시판으로, 최대한 빨리 7만 5,000자를 채워 일반연재 게시판으로 승급해두는 게 좋다.

'작가연재' 게시판에는 완결하거나 출판한 장르 소설이 2질 이상인 작가들만 별도의 확인 절차를 거쳐 연재할 수 있다. 그렇기 때문에 대부분 종이책을 쓴 적이 있거나 타 플랫폼에서 활동했던 기성 작가들이 승급 절차를 거쳐 바로 연재하는 경우가 많다.

아무래도 독자들은 자유연재보다는 일반연재, 일반연재보다는 작가연재 게시판을 더 선호하기에 조회 수와 주목도가 달라질 수밖에 없다. 그러므로 신인들의 경우 최대한 빨리 일반연재 게시판으로 진입하기를 추천한다.

물론 자유연재 게시판에서 처음 연재를 시작하자마자 주목을 받는 작품도 있다. 그러나 이런 일은 확률적으로 매우 낮고 독자들은 대개 일반연재나 작가연재 게시판에 올라오는 글들을 주기적으로 찾아본다.

공모전보다 연재가 좋은 점

독자들의 입장에서 볼 때 어떤 글들이 눈에 띌까? 무엇보다도 작가가 꾸준히 연재하고 있는 소설, 그래서 어느 정도 분량이 쌓인 소설이다. 아무래도 연재 게시판에는 누구나 글을 올릴 수 있기에 별별 소설들이 다 올라온다. 개중에는 소설의 꼴은 갖추었으나 차마 다 읽어주기 어려운 엉뚱한 글부터, 나름대로 줄거리는 금세 파악되지만 식상하거나 뻔한 소설도 많다.

독자들은 놀랍게도 그런 소설들을 용케 다 솎아낸다. 일단 그런 글들은 작가도 계속 써나가기가 힘든지 몇 화 연재하지 못하고 중단하는 경우도 많다. 어느 정도 화 수가 쌓인 소설들이라도 독자들은 처음 한두 화, 아니 프롤로그만 보고도 이 소설이 재미있을지, 없을지를 대번에 간파한다.

그렇기 때문에 신인들은 일단 웹소설을 15화 정도 준비한 다음부터는 공모전에 투고하거나 출판사에 보내는 것도 좋지만, 일반연재 게시판에 연재해보는 것도 좋다. 막연하게 투고해놓고 당선 통보를 기다리기보다, 직접 연재해보면 내 소설에 대한 독자들의 다양한 반응을 볼 수 있고 댓글을 통해 여러 문제점을 파악할 수 있기 때문이다. 운이 좋다면 몇 화 연재하지도 않았는데 출판사나 에이전시로부터 쪽지를 받을 수도 있을 것이다. 그러나 결코 자만할 일은 아니다. 출판사는 어떻게 해서든 작가 풀을 미리 확보하기 위해 조금이라도 싹이 보이면 우선 쪽지부터 보내는 경향이 있다. 당장 그것에 답하거나, 반가운 마음에 덜컥 계약할 필요도 없다. 앞으로 연재가 계속될수록 재미만 있다면 얼마든지 더 많은 출판사가 더 좋은 조건을 가지고 달려들 것이기 때문이다.

이쯤 되면 굳이 먼저 내 작품을 출판사에 보낼 필요가 없다는 생각이 들 것이다. 맞는 말이다. 앞에서도 언급했지만 웹소설 시장에서는 작가가 재미있는 소설을 쓸수록 '슈퍼갑'이다. 그러니 특정 출판사에 글을 보내는 것보다 우선 웹소설 플랫폼에 연재해보는 게 좋다. 그 과정에서 더 많은 것을 배울 수 있으며, 독자들의 반응을 통해 어떤 장면에서 독자들이 열광하고, 어떤 대목에서 독자들이 화를 내는지, 어떤 상황에서 독자 수가 증가하고, 어떨 때 독자가 떨어져 나가는지를 생생하게 체감할 수 있을 것이다.

이런 경험은 그 어떤 작법서를 읽더라도, 그 어떤 선생에게 배우더라도 결코 익힐 수 없는 비법들이다. 결국 직접 연재해보면서 '무소의 뿔처럼 혼자서' 가는 길만이 웹소설 작가의 왕도라고 할 수 있다. 작가의 사부는 오로지 독자들이다. 그리고 나보다 더 인기를 끌고 있는 작가들의 작품이다.

문피아의 일반연재, 또는 작가연재로 무료 연재를 시작하면 최신 회차의 24시간 조회 수를 기준으로 무료 웹소설 순위가 매겨진다. 일정 분량 이상 연재를 하다 보면 순위가 조금씩 상승하고, 독자의 호응을 얻는다면 '투데이 베스트'에 진입하게 된다. 사실상 공모전과 같은 시스템이다. 일단 투데이 베스트에 들면 독자 수가 크게 늘어난다.

내 소설의 순위가 점점 상승해서 마침내 투데이 베스트의 첫 페이지에 진입하면 유료화가 될 가능성도 커진다. 유료화란, 말 그대로 내가 연재하는 소설에 가격표를 붙이는 것이다. 이제 한 권 분량인 약 25화 이상부터 독자들은 회차마다 100원씩 결제하고 소설을 읽어야 한다. 보통 40~50화 정도 무료로 연재하면 유료화로 전환했을 때 독자들이 얼마나 따라올지 가늠해볼 수 있다.

이때까지 최신화의 조회 수가 약 5,000 이상이라면 유료화했을 때 어느 정도 수입을 기대해볼 수 있다. 보통 무료로 연재할 때 최신화의 조회 수가 1만 정도 나오는 경우, 유료로 전환했을 때부터는

1,000~2,000 정도의 조회 수가 나오는데, 그 말인즉 기존 독자들 중 약 10~20%가 내 소설을 돈 내고 볼 용의가 있다는 뜻이다.

무료로 연재하는 시간은 이렇게 유료화까지 따라올 독자의 파이를 확보하는 과정이다. 내가 처음 《조선 해양왕》을 연재했을 때 유료화 직전 최신화의 조회 수는 약 6,000 내외였다. 대체역사의 경우는 다른 장르보다 충성 독자의 비율이 비교적 높은 편이어서 유료화로 전환했을 때 약 1,200 정도가 나왔다. 그마저도 다른 대체역사 소설에 비해서는 전환율이 떨어지는 편이었다.

다른 웹소설 플랫폼에서도 점점 이런 식으로 신인들이 연재할 장場을 마련해주고, 미리보기라든지 유료화에 따른 회당 결제를 통해 작가들에게 인세를 지급하고 있다. 네이버에서는 베스트리그를 통해 많은 신인들의 작품을 선보이고 있으며, 출판사나 에이전시를 통해서 선별한 작가들한테만 연재의 기회를 주던 카카오페이지 역시 최근에 이런 자유연재 페이지를 만들어서 더 많은 작가를 확보하기 위해 노력하고 있다.

아직 웹소설에 대해 더 배우고 싶고, 인기 작가들의 노하우와 피드백을 얻고 싶다면 '문피아 아카데미'에 지원해보는 것도 추천한다. 문피아에서는 약 15화 내외의 웹소설과 지원서 등을 통해 아카데미 습작생을 직접 뽑고 있다. 여기에 선정된다면 소위 '대박 작가'들의 강의를 들으면서 문피아에 연재할 작품을 준비할 수 있기 때문에 웹소설 작가로 데뷔하기가 한결 수월할 것이다. 또한 연재를 시작한 후에도 문피아의 지원을 받을 수 있기 때문에 유료화에 들어가 흥행할 가능성도 커진다.

계속 쓰는 글의 힘

습작만 하다 끝내지 말자. 어쨌든 곧바로 연재를 시작하는 게 중요하다. 그러다 보면 이 연재를 멈춰야 할지, 아니면 계속해도 좋을지 선택해야 할 시점이 온다. 만약 처음 연재를 시도한다면, 유료화 여부를 떠나 연재를 할 수 있는 한 끝까지 해보는 것을 추천한다.

나는 예전에 한 웹소설 시상식장에서 선망하던 웹소설 작가를 만난 적이 있다. 그가 연재하는 소설들은 회차마다 유료 조회 수 1만을 훌쩍 넘기며 선풍적인 인기를 끌고 있었고, 웹툰으로 제작되는 것은 물론 해외에도 번역되어 날개 돋친 듯 팔려나가고 있었다. 나 역시 그의 웹소설을 모두 소장하고 있는 열혈 팬이자 신인 작가로서 시상식이 끝난 이후에도 그를 쫓아다니며 이것저것 캐물었다. 운 좋게 그를 비롯한 몇몇 작가들과 함께 저녁을 먹게 되었는데 거기서도 그는 여러 작가들의 질문에 자신의 노하우를 아낌없이 공유해주었다. 저녁 식사가 끝나고 그는 자신의 명함을 후배 작가들에게 하나씩 나누어주었는데, 거기에는 내가 아는 그의 필명이 아니라 본명이 적혀 있었다. 그는 인사를 하면서 내게 이렇게 말했다.

"이게 제 이름입니다. 첫 작품을 연재했을 때 이 이름으로 연재했지요. 물론 망했지만요."

그는 의미심장한 표정을 지으며 멀어져 갔다. 나는 즉시 핸드폰을 꺼내 웹소설 플랫폼에서 그의 이름을 검색했다. 그러자 불과 2~3년 전 그가 본명으로 연재했던 작품이 하나 떴다. 나는 그 작품을 보고 한동안 거리에 멍하니 서 있을 수밖에 없었다. 그 소설은 2년여에 걸쳐 약 300여 화 넘게 연재되었는데, 연재가 끝나는 마지막까지 조회 수가 한 자릿수에 불과했던 것이다.

보통의 작가라면 10화, 길게는 20~30화를 넘지 못하고 연재를 중단했을 것이다. 아니다 싶은 작품은 빨리 접고 새로운 소설을 연재해 다시 반응을 보는 것도 방법이다. 그러나 그는 조회 수에 아랑곳하지 않고 끝까지 자신의 이야기를 완결했다. 아마도 그는 300화까지 연재하면서 수도 없이 다른 인기작들을 연구했을 것이고, 구조를 뜯어보고 자신의 작품과 비교하면서 날마다 책상 앞에서 다음 화를 구상하고 5,000자 이상을 써내는 연습을 했을 것이다.

일단은 더 망설이지 말고 지금 당장 연재를 시작하자. 독자들이 비웃거나 악플을 단다면 절반의 성공이다. 어쨌든 내 글에 반응해준 거니까. 아무도 읽어주지 않으면 또 어떤가? 그 역시 내 글에 대한 피드백이니까 중요한 수확이다.

적어도 웹소설 작가는 심사위원도, 출판사도 아닌 자기 자신이 만드는 것이고, 자기 스스로 데뷔하는 것이다. 습작생들이 모이는 게시판에서 신세 한탄을 하거나 다른 작가들의 작품을 깎아내린다고 해서 달라지는 것은 없다. 아니, 오히려 더 비관적인 생각만 들 것이다.

나는 오늘도 컴퓨터 앞에 앉아 5,000자를 쓴다. 그것뿐이다. 하루 한 화. 5,000자 이상. 누가 뭐라 하든 당신이 오늘부터 이 한 가지만 지속할 수 있다면, 그리고 누군가에게 보여줄 수 있다면 이미 웹소설 작가다. 그 하루가 거듭될수록, 끊이지 않고 이어질수록 당신은 점점 더 인기를 끌 것이고, 당신의 주머니는 점점 더 두둑해질 것이다.

무소의 뿔처럼 혼자서 써라. 그것뿐이다.

20

잘 팔리는 소설을 쓰는 법

지금 당장 할 수 있는 것들

잘 팔리는 소설을 쓰는 법은 사실 간단하다. 잘 팔리는 소설을 많이 보고 분석해보는 것이다. 지금 바로 핸드폰을 열고, 자신이 많이 보는 웹소설 플랫폼에 들어가 보자. 플랫폼마다 유료 인기작들이 순위별로 늘어서 있을 것이다. 당연히 상단에 자리한 작품들이 더 많은 독자들의 선택을 받았을 것이다. 그것들을 한번 꼼꼼히 읽어보자.

인기 작가가 되기 위해서는 먼저 충성 독자가 되어야 한다. 웹소설 작가가 되려는 사람 중에는 회사원도 있을 것이고, 드라마 대본이나 시나리오를 쓰던 작가도 있을 것이며, 취업준비생도 있을 것이다. 보통은 그래도 글을 쓰던 사람들이 응당 웹소설도 잘 쓸 것이라고 생각하는데, 이는 반은 맞고 반은 틀린 소리다. 웹소설 작가로 가장 잘 연착륙하는 사람은 한 번이라도 웹소설 읽기에 미쳐서 연재가 끝날 때까지 폐인으로 살아본 적이 있는 사람이다. 물론 누구나 한 번쯤 책에 빠져 마지막 장을 넘길 때까지 밤을 꼬박 새우거나, 드라마를 몰아보느라 주말이나 연휴를 뜬눈으로 지새운 적이 있을 것이다. 그러나 웹소설은 이런 '단편'들과는 차원이 다르다. 한번 읽기 시작하면 몇 날 며칠이 아니라, 몇 달이 훌쩍 지나가 버린다. 앞 장에서 웹소설을 출퇴근 시간에 잠깐 즐기는 '스낵 컬처'라 했던가? 그러나 사실 이 달콤한 스낵에는 중독성이 깊이 배어 있다. 한번 먹기 시작하면 결코 과자봉지에서 손을 뗄 수 없다. 스낵은 금세 동나고, 빨리 다음 스낵을 먹고 싶은데, 세상에, 24시간을 기다려야 한단다. 진짜 스낵이라면 당장 편의점으로 달려가겠지만, 이 스낵은 작가가 직접 빚어내는 것이기에 무조건 기다려야 한다. 이제 독자들은 댓글 창으로 몰려가 작가를 옥죄기 시작할 것이다.

'작가님, 제발 한 화만 더 올려주세요.'

처음에는 부탁에서 시작된 댓글이,

'연참! 연참! 연참! 작가는 연참하라!'

어느새 시위로 바뀌어 있고,

'작가님, 군만두 좋아하세요? 어디 보자.'

은근한 협박으로 탈바꿈하더니,

'여기서 끊으면 어떡합니까? 안 보고 말지.'

온갖 푸념과 짜증에 이어 종내는 자조로 바뀐 댓글을 올릴 것이다.

그러다가 몇몇 '터줏대감'들은 하나둘 이런 댓글을 쏟아낼 것이다.

'다음 화에는 틀림없이 주인공이 이러이러해서 이러이러할 것이며, 그래서 그놈이 반드시 이렇게 될 것입니다.'

그들은 직접 작가가 되어 다음 화에 대한 기대와 예견을 쏟아낼 것이고, 일부는 은근히 주인공이 어떻게 이겨야 하고 어떤 보상을 받아야 하는지를 작가에게 주지시키려 들 것이다.

어떤가? 독자로서 이런 생활을 수년간 할 수 있겠는가? 다음 화의 노예가 되어, 다음 화를 읽느라 밤을 새우는 게 아니라, 다음 화를 읽지 못해서, 너무 궁금해서 밤을 지새우는 생활을 해본 적이 있는가?

먼저 독자가 되자

이런 애타는 독자의 마음을 아는 이들만이, 작가가 되어 독자의 마음을 애타게 할 수 있다. 그러므로 인기 작가를 꿈꾸는 이라면 가장 먼저 인기작을 읽어야 한다. 그리고 몇몇 작품들에 푹 빠져서 고통스러운(?) 나날을 보내야 한다. 그러다 보면 독자들에게 사랑받는 작품들의 패턴이 하나둘 보이기 시작할 것이다. 연애도 교제를 많이 해본 사람들이 밀당을 잘하는 것처럼, 웹소설 역시 많이 읽고 써본 사람들이 독자와의 밀당을 잘할 수 있다. 그것은 곧 조회 수와 수입으로 직결된다.

자, 이제 백지를 하나 앞에 놓고, 지금 읽고 있는 웹소설들의 구조를 간단히 정리해보자. 앞 장에서 내가 나름대로 영웅신화의 구조를 웹소설에 맞게 변용했던 것처럼, 자신만의 웹소설 구조를 종이에 적어놓고 지금 읽고 있는 소설들의 패턴을 병기해보자. 그러면 서서히 보이기 시작할 것이다. 장르별로 인기 작가들이 비슷비슷하게 활용하고 있는 플롯과 패턴들이, 마치 매직아이처럼 찬찬히 모습을 드러낼 것이다. 장담컨대 이렇게 분석한 작품이 약 10여 화만 넘어가도 당신은 빨리 웹소설을 쓰고 싶어서 못 견딜 것이다. 어떻게 쓰면 독자가 좋아하는지, 어떻게 쓰면 조회 수가 높아지는지, 어느 정도 보이기 때문이다. 그러나 10여 화는 아직 적다. 30화, 50화, 100화까지 가보자. 그것들을 다 읽으라는 이야기가 아니다. 읽다가 흥미가 떨어지면 당연히 더 볼 필요가 없다. 어떤 작품은 자연스레 선호작에서 지우게 될 것이며, 어떤 작품은 다음 화가 너무 궁금해서 저도 모르게 댓글을 달고 있을 것이다. 어떤 소설은 연재 시간까지 정확히 기억하고, 그 시간만 되면 만사 제쳐두고 마치 종교의식을 치르듯 핸드폰을 열게 될 것이다. 더도 덜도 말고 딱 1년만 이렇게 미쳐서 폐인처럼 살다 보면 마침내 보일 것이다. 어떻게 쓰면 먹고살 수 있는지.

나 역시 처음 웹소설 연재를 공부하면서 상위권에 랭크된 소설들을 닥치는 대로 읽었다. 지금도 그렇지만 그때 당시 내가 푹 빠져서 읽었던 소설들은 한중월야 작가의 《나노 마신》《마신강림》, 추공 작가의 《나 혼자만 레벨업》, 유려한 작가의 《백작가의 망나니가 되었다》, 싱송 작가의 《전지적 독자 시점》 등 말 그대로 '밀리언셀러'들이었다.

당시 《나노 마신》에 어찌나 빠져 살았던지, 첫 작품인 《조선 해양왕》을 쓸 때나 두 번째 작품인 《신흥무관학교 1919》를 쓸 때도 독자들에게 몇몇 장면은 무협 같다는 소리를 많이 들었다. 차라리 무협을 쓰지 왜 대체역사에서 이러느냐는 푸념도 들었다. 이제 와서 고백하건대 전부 한중월야 작가의 《나노 마신》에 빠져 살았기 때문이다. 게다가 《조선 해양왕》의 원제는 '조선 망나니'였고 《신흥무관학교 1919》 역시 현대의 주인공이 일제강점기 '경성 망나니'로 빙의하는 내용인데, 상당 부분 유려한 작가의 《백작가의 망나니가 되었다》에 영향을 받은 게 사실이다.

나는 본래 소위 '본격 문학', '순수 문학'을 하는 시인이자 소설가였다. 그렇기 때문에 장르 소설이나 웹소설에 대한 편견이 없지 않았다. 그러나 이제 생각이 완전히 바뀌었다. 이런 작품들을 읽으면서 느낀 감동과 재미는 감히 거장들의 대하소설을 읽을 때의 전율과 비교해도 결코 부족하지 않았기 때문이다.

잘 팔리는 소설을 쓰려면 먼저 잘 팔리는 소설을 읽어야 한다. 덩달아 세에라자드 혹은 세이렌과도 같은 웹소설 작가들의 마력에 푹 빠져들어야 한다. 그 작품으로 인해 세상이 달라 보이고, 다음 연재 회차를 기다리는 시간이 행복하다 못해 고통스럽다면 당신도 충분히 준비되고 있다는 방증이다.

그 마력들을 하나둘 흡수해서 내 것으로 만들자.

21

글이 안 써질 때 극복하는 법

슬럼프가 찾아왔을 때

웹소설을 쓰고 연재하다 보면 반드시 '글럼프'가 온다. 기본적으로 연재 기간이 상당하고, 하루에 써야 할 최소 분량도 많기에 소위 말하는 '휴가'나 '방학'이 없기 때문이다. 그러다 보면 아직 유료화를 가늠할 만한 분량이 되지 않았는데도 벌써부터 다음 이야기가 떠오르지 않고 이대로 계속 연재할 수 있을지, 갑자기 조회 수가 급감하면 어떻게 될지 덜컥 겁부터 난다.

나 역시 첫 작품을 연재할 때 특히 이런 압박감이 컸다. 처음에는 어느 정도 비축분이 있었지만, 그마저도 독자의 반응 때문에 상당 부분을 버리고 다시 써야 했고 그러다 보니 이렇게 쓰는 게 맞는지, 독자들이 이번에는 또 어떤 댓글을 달지 걱정되기 시작했다. 어느 순간 웹소설 쓰기가 재미없어지고, 하루하루 스트레스만 더 커져갔다. 이런 식으로 가다 보면 막상 유료화로 전환한다고 해도 일정한 수입을 확보하기 어려울 것만 같았다.

일단 유료화가 되면 이제 플랫폼 및 매니지먼트사와의 계약 문제가 걸리고, 유료 결제로 따라온 독자들과의 약속을 저버릴 수 없기에 끝까지 달려 완결을 지어야 한다. 그런데 벌써 머릿속이 하얘지고 아이디어가 떠오르지 않으면 그때부터는 정말 괴로워진다. 한술 더 떠 독자들은 내 글에 긴장감이 떨어지면 단번에 알아채고 댓글로 언질을 준다. 처음 연재할 때는 독자들의 댓글에 민감할 수밖에 없기 때문에 곧바로 수정하거나, 어떨 때는 막 업로드한 분량을 전면적으로 수정해서 다시 올릴 때도 있다.

그런 일이 반복되면 어느 순간 회의가 들 때도 있다. 내가 이러려고 웹소설 작가를 지망했나. 상사의 눈치를 보는 게 싫어 회사를 그만두고 웹소설 작가가 되려고 했는데, 이렇게 독자의 눈치를 봐야 한다면 다를 게 뭔가. 별별 생각이 다 든다. 자연스레 몸도 축나기 때문에 책상 앞에 앉는 것조차 힘들어진다. 상당수의 작가들이 이미 연재를 잘 시작해놓고도, 머지않아 연재 중단을 하는 까닭이 바로 여기에 있다.

이런 글럼프는 누구에게나 반드시 찾아온다. 세상에 남의 돈 먹기가 그렇게 쉬운가? 아무리 웹소설 작가가 자유롭고 돈도 많이 번다고 하지만, 그러기 위해서는 대가가 따른다는 것을 잊어서는 안 된다.

지도와 나침반을 챙기자

글럼프를 극복하기 위해서는 네 가지 사항을 유념해야 한다.

첫 번째로 웹소설을 연재하기 전에 내 소설의 로그라인과 개요, 시 놉시스를 어느 정도 다 구상해놓고 연재를 시작하자.

기성 작가 중에는 간단한 모티브나 아이디어만 가지고 연재를 시작 하는 경우도 있다. 자신이 선택한 소재에 대해 독자들이 어떤 반응을 보일지 모르니까 일종의 간을 보는 것이다. 독자 반응이 좋고 조회 수 가 높게 나오면 연재를 계속하고, 초반부터 반응이 별로이면 일찌감치 중단해버린다. 그러나 이런 습관은 좋지 않다. 한두 번 이런 일이 반복 되면 독자들은 대번 그 작가를 신뢰하지 않고 대뜸 프롤로그에 이런 댓글을 단다.

'이번에도 연중하시려고요? 믿고 거르겠습니다.'

연재작의 서두부터 이런 댓글이 달리면 여러 가지로 부정적인 영향 을 미친다. 작가 역시 기분이 좋을 리가 없다. 그럼에도 여러 번 연재 중단과 새로운 작품의 연재를 반복한 끝에 인기작을 연재하는 경우도 있다. 그러나 이런 경우는 매우 드물고, 작가 자신도 수많은 출혈을 감 내해야 하기에 롱런하기 힘들다.

신인이라면 일단 어떤 작품이든 완결을 하겠다는 각오로 연재에 임해야 하고, 그러기 위해서는 어느 정도 완결까지의 개략적인 시나리오를 짜두어야 한다. 너무 디테일하게 회차별로 줄거리를 짜둘 필요는 없다. 막상 연재하면서 떠오르는 아이디어도 많기 때문이다.

글을 쓰다 보면 글럼프는 필연적으로 따라온다고 보기 때문에, 내 경우는 길을 잃거나 방황하더라도 반드시 본궤도로 돌아올 수 있도록 '나침반'과 '지도'를 꼼꼼히 마련해두는 편이다. 로그라인과 시놉시스 쓰기를 생활화하다 보면 의외로 새로운 작품의 아이디어를 얻거나, 시놉시스까지 뚝딱 나오는 경우도 많다.

글럼프를 극복하기 위한 두 번째 방법은 글 쓰는 시간과 루틴을 미리 정해두고, 점차 거기에 맞춰나가는 것이다. 앞 장에서 작가의 하루 시간표에 관해 설명한 바가 있지만, 이렇게 자신의 글 쓰는 패턴을 확보해두고 일단 책상 앞에 앉는다면 어떻게든 글이 나오기 마련이기 때문이다.

일단 몸이 글쓰기 루틴을 체득하면, 그 루틴에 따라 집중력이 생기거나 줄기도 한다. 작가에게는 글 쓰는 시간이, 보통 사람들의 자는 시간만큼이나 중요하다. 글 쓰는 시간 역시 꿈꾸는 시간이나 마찬가지기 때문이다. 모름지기 작가라면 잠자는 '수면 루틴'만큼이나 글 쓰는 '집필 루틴' 역시 고정되어야 한다. 잠을 자지 않으면 눈이 감기는 것처럼 이제 글을 쓰지 않으면 손이 떨릴 것이다.

세 번째, 중간중간에 글을 수정하거나 다시 볼 생각을 하지 말고, 서술에 너무 신경 쓸 것도 없이 일단 대화 위주로 한 화 분량을 먼저 쭉 쓴다. 나는 글이 안 나올 때 다음 회차에 등장하는 인물들이 누구인지만 우선 생각한다. 그 배경이 어떻고 과정이 어떻고 고증이 어떻고 생각하다 보면 아예 시작도 못 하는 경우가 많다.

가장 중요한 것은 인물들 간의 갈등과 '케미', 그로 인한 서사의 진행이다. 어떤 식으로든 매화마다 이야기의 진전이 있어야 독자들 역시 결제한 보람을 느낀다. 거기에 초점을 두고 먼저 등장인물 간의 대화부터 쭉 늘어놓는다. 그러다 보면 인물들끼리 상황에 따라 서로 치고받으며 이런저런 말들을 마구 쏟아내기 시작하는데, 나는 그들의 이야기에 귀를 기울이며 신나게 받아 적는다. 그러다 보면 어느 순간 일정한 분량이 확보되고, 시간도 훌쩍 지나간다.

마지막으로, 글럼프를 극복하는 방법은 글 쓰는 시간 외에 노는 시간을 확보해두는 것이다. 웹소설 작가는 날마다 많은 이야기를 쏟아내야 한다. 아웃풋이 있다면 인풋도 있어야 하는데, 매일 글만 쏟아낸다면 아이디어가 남아날 리 없다.

그렇기 때문에 웹소설 작가의 하루 루틴에는 운동하는 시간 외에도 노는 시간이 제대로 확보되어야 한다. 나는 글이 더 이상 안 떠오른다면 일단 책상 앞을 떠난다. 그리고 근처의 둘레길을 걷거나 혼자 영화관에 간다. 때로는 TV를 켜고 미리 점찍어둔 넷플릭스 드라마를 보거나 무작정 자전거를 타고 달리기도 한다.

그래도 이야기가 안 떠오를 때 나는 작업실 근처의 만화 카페로 간다. 그리고 내가 지금 쓰는 소설과 비슷한 성격의 만화책을 골라서 잔뜩 쌓아두고 한쪽에 드러누워서 읽기 시작한다. 그러다 보면 문득 아이디어가 떠오를 때가 있다. 신기하게도 만화책을 읽다가 깜빡 자고 일어났을 때 불현듯 그럴듯한 아이디어가 떠오르기도 한다.

하늘은 스스로 돕는 자를 돕는다고 했던가? 작가가 간절히 노력하면 때때로 무의식이 도움을 줄 때도 있다. 웹소설 작가에게 글럼프는 또 다른 채찍이다. 죽이 되든 밥이 되든 일단 쓰고 보자.

조회 수가 떨어지면 어떤가? 악플이 달리면 또 어떤가? 오늘도 한 회차 5,000자 이상을 써냈다면 당신은 이미 웹소설 작가로서 성공적인 하루를 보내고 있는 것이다. 장담컨대 오늘보다 내일 글이 더 좋아질 것이고, 내일보다 모레의 글이 더 재밌어질 것이다.

그 하루를 변함없이 계속 이어가는 것. 바로 그것이 대박 작가가 되는 비결이 아닐까? 물론 나도 아직 중박 작가에 불과하기에 그냥 닥치고 계속 써나갈 뿐이다.

웹소설 계약과 매니지먼트

계약 시 유념해야 할 것들

연재 사이트에 지속적으로 글을 올리고, 어느 정도 내 글이 읽히기 시작하면 여러 출판사나 에이전시 등 소위 '매니지먼트' 회사들이 접촉해올 것이다. 이들은 연예인으로 치면 일종의 소속사로, 작가의 소설이 더 많이 유통되고 더 잘 팔릴 수 있도록 서포트하는 일을 한다.

신인 작가들은 처음 이들한테 연락이 오면 갑자기 들떠서 계약서도 잘 살펴보지 않고 덜컥 계약하는 경우가 많다. 그도 그럴 것이 지금껏 막막하게 글을 써왔는데, 드디어 누군가가 내 글의 가능성을 알아봐주고 선인세까지 준다고 하니 별별 생각이 다 든다.

그 자체로 충분히 축하받을 일이지만, 축배는 잠시 뒤로 미루기로 하자. 앞에서도 거듭 설명했지만, 일단 매니지먼트사에 계약과 관련한 제안을 받았다면 앞으로 다른 회사들에서 받을 확률도 높다. 처음 쪽지를 받았다고 해서 고무되어 곧바로 답장할 필요 없고, 우선 내 글의 재미와 페이스를 잃지 말고 계속 연재해 나가자. 슬슬 또 다른 회사들이 당신의 글에 대한 감상과 더불어 자신들이 매니지먼트를 하면 제공해줄 수 있는 것들, 작품이 유통되었을 때 플랫폼별 정산 비율, 그리고 계약금이나 선인세 등에 대한 사항을 적은 장문의 메일이나 쪽지를 보내올 것이다. 그것들을 비교해가며 찬찬히 읽어 내려가다 보면 계약과 관련한 일정한 기준이 보일 것이다.

보통 플랫폼 수수료를 제외한 평균적인 정산 비율은 '7 : 3'이다. 여기서 7은 당연히 저작권자이자 갑인 작가다. 이것을 기준으로 작가의 인기나 경력에 따라 특정 플랫폼의 정산 비율을 '7' 이상으로 올릴 때도 있다. 그러나 '7 : 3'이 아닌 '6 : 4'나 '5 : 5'의 경우는 드물기 때문에 계약서에 이런 비율이 찍혀있다면 그 회사는 거르면 된다.

다음으로 유념해야 할 것이 계약금과 선인세, 보장인세와 관련한 것들이다. 계약금은 말 그대로 작가와 계약할 때 회사가 작가한테 지급하는 돈이다. 소설이 팔리는 여부와 상관없이 그냥 주는 돈이다. 작가의 이전 작품이 어느 정도 흥행했을 때, 회사가 그 작가의 마음을 붙잡기 위해 주는 돈이기에 신인 작가한테 계약금을 제안하는 경우는 극히 드물다.

웹소설 작가들이 흔히 계약 시에 받는 돈을 '계약금'이라고 부르는 경우가 많은데, 이는 대부분 '선인세'다. 말 그대로 앞으로 작가가 정산받을 인세에서 미리 당겨 받는 돈이다. 인기 작가일수록 회사들이 환심을 사기 위해 선인세를 높게 부르는 경향이 있다. 그러나 선인세에 관해서는 작가의 성향에 따라 호불호가 갈린다. 연재 초기에는 인세 수입이 발생하지 않기에 생활을 위해서는 어느 정도 선인세를 당겨 받는 게 좋다. 그러나 선인세는 어찌 됐든 '빚'이나 마찬가지여서, 일단 선인세를 잔뜩 받게 되면 연재 중에는 돈이 들어오지 않기에 그것 또한 기분이 좋지 않다. 어떻게 보면 '조삼모사朝三暮四'라고 할까? 어떤 작가들은 '무이자 대출'로 생각하면 편하다고 하고, 또 어떤 작가들은 결국 글로 토해내야 하기에 회사에 '목줄'을 잡히는 격이라고도 한다. 그러므로 자신의 필요에 따라 적절히 조절하는 게 좋다.

보장인세는 예전 종이책 시절에 많이 통용되던 방식으로, 웹소설 연재 분량이 약 25화, 즉 한 권 분량이 될 때마다 권당 인세를 지급하듯 일정 금액을 보장해주는 것을 말한다. 대부분 종이책을 찍어내던 출판사들이 웹소설 계약과 함께 종이책 계약까지 언급하면서 보장인세를 당근처럼 제안하는 경우가 많다.

이 경우는 종이책도 내주고, 권당 보장인세를 지급하기에 플랫폼별 정산 비율은 '6 : 4' 수준으로 내려간다. 하지만 내가 쓰는 분량에 따라 최소한의 수입이 보장된다는 점에서 신인에게는 매력적인 계약 방식이다. 다만 지금은 보장인세를 주는 출판사가 점점 줄고 있다. 아무래도 보장인세는 종이책을 찍어내는 것처럼 일종의 투자비용을 감수하는 방식이라서 출판사가 손해를 보는 경우도 많기 때문이다.

계약, 서두를 필요 없다

내 경우에는 첫 작품인 《조선 해양왕》을 완결하고, 평균 조회 수 1,000~1,500 정도의 '중소박'을 기록하면서 차기작을 계약하자는 회사들의 제안을 많이 받았다. 비록 '대박 작가'가 되기에는 아직 갈 길이 멀지만, 최소한의 가능성을 보여주었다는 점에서 매니지먼트사 입장에서는 상품 가치가 있다고 판단한 것이다. 대략 서너 군데의 회사들이 차기작 계약을 제안했고, 그중 한 곳은 계약금과 선인세는 물론 종이책 출간에 따른 보장인세까지 주겠다는 제안을 했다.

또 다른 출판사는 약 500만 원의 선인세와 더불어 정산비율을 더 높여주겠다고 제안했다. 한 출판사는 비록 정산비율은 업계 평균이지만, 차기작이 성공할 수 있도록 다음 소설의 기획과 연재 과정 전부를 직접 챙겨주겠다는 제안을 했다. 계약서들을 나란히 펼쳐놓고 몇 날 며칠을 고민했다. 마침내 결론을 내리고 각 회사의 담당자들한테 이렇게 답했다.

"일단 차기작을 연재해보고, 어느 정도 유료화 가능성이 보일 때 다시 결정해도 될까요? 그때까지는 계약을 유보하고 싶습니다."

여러 담당자들은 아쉬움을 표하면서도 기다리겠다고 답해주었다.

그로부터 몇 달 뒤 나는 차기작인 《신흥무관학교 1919》를 문피아에 연재하기 시작했다. 첫 작품을 연재하면서 미흡하다고 느낀 점을 보완했고, 캐릭터성을 좀 더 부각시켰으며, 역사적인 고증에도 더 심혈을 기울였다. 그래도 아직 두 번째 연재라 부족한 점이 많았다. 우리나라 역사 중에서도 가장 어두운 시기인 일제강점기를 배경으로 했다는 점도 흥행에는 부정적인 영향을 미쳤다.

그럼에도 연재를 시작하고 채 10화도 넘지 않았는데, 수많은 회사들로부터 쪽지가 쇄도했다. 개중에는 이전에 받았던 제안보다 더 좋은 조건의 계약서를 내민 곳도 있었다. 회차마다 자신의 감상과 더불어 우려되는 점을 메모해주며 반드시 '대박 작품'이 될 수 있도록 돕겠다는 담당자도 있었다.

그러나 나는 이번에도 그 쪽지들에 답하지 않았다. 더 좋은 계약 사항을 원한다기보다는 나 스스로 이 소설이 궤도에 오를 때까지 섣불리 평가하거나 우쭐하고 싶지 않았기 때문이다. 마치 한 화 한 화 연재할 때마다 향을 피우고, 기도하고, 절을 올리는 심정으로 조심스럽게 나아갔다. 오직 내 소설의 페이스가 흔들리지 않고 나아가고 있는지, 독자들이 거기에 대한 믿음을 가지고 재미있게 따라와 주는지, 그 부분만 신경 쓰면서 말이다.

비록 《신흥무관학교 1919》 역시 전 작품보다 흥행하지는 못하고, 비슷한 수준으로 다시금 '중소박'을 기록했지만 나는 충분히 감사했다. 어느덧 내가 받는 인세는 연재 수입, 타 플랫폼 수입, 이북 수입 등이 맞물리면서 점점 상승하고 있었다. 새로운 작품을 연재하면서 이전 작품에 대한 수요도 늘어 수입은 전체적으로 우상향하기 시작했다.

그때 나는 깨달았다. 지금 내 소설이 비록 대박은 나지 못하더라도, 내가 인기 작가가 되지는 못하더라도, 이렇게 '평타'만 꾸준히 치더라도 나는 점점 더 많은 수입을 얻게 될 것이고, 그러다 보면 언젠가는 '중박'이나 '대박'이 실현될 날이 올지도 모른다는 것을. 결국 이 업계에서는 서두르지 않고 꾸준히 쓰는 자만이 살아남으며, 한두 작품 반짝하는 게 아닌 살아남아야 진정 웃게 된다는 것을.

불과 두 번의 '중소박'을 기록했는데도 불구하고, 세 번째 작품을 계약하자는 회사는 더 늘었다. 심지어 차기작을 두 편이나 미리 계약하자면서 억대의 선인세를 제안한 곳도 있었다. 소위 일반 문학을 추구하며 종이책을 쓰던 시절에는 꿈도 꾸지 못했던 인세였다. 몇몇 극소수의 베스트셀러 작가들만 넘볼 수 있는 수준이었다.

그러나 웹소설 작가로서 내 행보는 이제 걸음마 단계에 불과하다.

선배 작가들은 공통적으로 말했다. 일단 세 질을 꾸준히 써낼 수 있다면 웹소설 작가로서 궤도에 오른 것이며 성공하는 길이 더욱 선명하게 보일 것이라고. 그런 의미에서 나도 아직은 신인에 불과하다. 그렇기 때문에 더더욱 나는 웹소설 시장에 뛰어들지 말지 고민하는 사람들에게 이렇게 말해주고 싶다.

당신도 충분히 웹소설 작가로 살 수 있다고. 지금 당장 모니터 앞에 앉아서 로그라인 한 줄만이라도 써보라고. 그 자체로 당신은 이미 하나의 로고스logos가 된 것이고, 하나의 우주를 창조한 거라고. 그것만으로도 멋진 일이 아닌가?

23

한 작품, 오래오래 연재하려면

장기 연재를 위해 숙지해야 할 것들

연재하다 보면 50화 단위로 고비가 온다. 단행본으로 네 권 분량인 약 100화를 넘기면서는 연재 전에 기획해두었던 스토리가 어느 정도 동나고, 여섯 권 분량인 150화를 넘기면 사실상 주인공이 거의 완성형에 가까워지며, 이룬 업적 또한 전인미답의 수준일 것이기 때문이다. 그래서 웹소설 작가들끼리는 "150화가 넘어가면서부터는 내가 뭘 쓰는지 모르겠다"는 말을 종종 한다. 이것을 200화, 250화, 300화 이상 끌고 가는 것 또한 능력이다.

물론 장기 연재에도 노하우가 있다. 회차마다 작가들이 진행해온 서사의 패턴을 알아두는 것이다. 예를 들면 대체역사의 경우 약 50화까지는 한 시대에서 주인공이 적응하고 조정 내에서 입지를 다지는 내용이 나온다고 치면, 100화까지는 정치 싸움과 크고 작은 전투를 통해 접차 자신의 세력을 확장해 나가는 내용으로 채워지고, 150화까지는 마침내 정적을 물리치고 정권을 쥐는 내용이 나오게 된다.

무협의 경우에는 마찬가지로 50화까지는 한 인물이 성장하면서 정파나 사파 또는 마교 내에서 입지를 다지고, 100화까지는 고수의 반열에 오르며 세를 확장하고, 150화까지는 마침내 한 파派나, 교敎의 1인자가 되는 내용이 전개되기 마련이다.

판타지나 현대 판타지, 스포츠물이나 헌터물 등도 마찬가지다. 50화, 100화, 150화까지의 패턴은 비교적 동일하다. 그래서 신인들이나 뒷심을 잃은 작가들의 상당수가 150화 내외를 지나면서 조회 수가 급격히 떨어지거나, 착상이 더 이상 떠오르지 않아 작품을 조기 종결하는 경우가 많다. 이때쯤이면 독자들 역시 이야기의 긴장감이 떨어지는 것을 느끼고 슬슬 이런 댓글을 남긴다.

'저는 이만 하차하겠습니다.'

'같은 작가 소설 맞나요?'

'갑자기 재미가 떨어지는데 좀 쉬었다가 쓰는 게 어떨까요?'

그나마 이렇게 댓글을 달아주면 고마운 상황이다. 대부분의 독자는 더 이상 소설을 읽어주지 않고 조회 수는 점점 더 급감하기 마련이다.

문제는 그다음이다. 영화나 드라마, 애니메이션이라면 연작으로 아무리 길게 끌고 가도 더는 나올 내용이 없을 시점인 150화 이후에 더 무엇을 쓸 수 있단 말인가? 인기 작가들은 어떻게 작품을 200화, 250화, 300화 이상 끌고 가면서도 탄력이 떨어지지 않을까?

장기 연재의 비법

답은 의외로 간단하다. 주인공의 세계를 점진적으로 확장해 나가는 것이다. 150화까지 주인공이 만약 조선의 왕이 되거나, 조정을 장악했다면 대체역사에서 다음 수순은 대개 정해져 있다. 바로 중국(명나라나 청나라)이나 일본(왜)이 조선을 위협하기 시작하고, 마침내 주인공이 조선의 병사들과 함께 그들을 응징하기 위해 진격하는 식이다. 그들 중 한쪽을 평정하면 200화 즈음이 되고, 다른 한쪽까지 평정하면 250화 정도가 된다. 책으로 치면 10권에 해당하는 분량이다. 작가에 따라서 서사에 디테일을 더하면 이 정도 내용으로 300화까지 확장이 가능하다.

무협도 마찬가지다. 주인공이 마침내 자신의 조직에서 맹주나 교주가 되었다면, 150화 이후로는 자신의 세력을 위협하는 다른 파와의 전쟁이 시작될 것이다. 정의와 의리를 표방하는 정파라면 사파를 비롯한 마교와 혈교를 가만두지 않을 것이고, 같은 맥락에서 마교나 혈교의 교주라면 자신들을 모조리 말살하려는 정파에 맞서 전쟁을 벌일 것이다. 250~300화 즈음이면 주인공은 이 세계를 다 평정하고 거의 신격화된 존재가 될 것이다. 만약 이때까지도 인기가 식지 않았다면 몇몇 작가들은 작품을 종결하기보다 더 끌고 가려고 할 것이다.

주인공은 이미 신적인 존재가 되었는데, 여기서 어떻게 더 연재할 수 있을까? 앞에서와 마찬가지로 새로운 세계를 열어주면 된다. '이 세계'를 다 평정했다면 '이세계異世界'의 문을 여는 식이다. 천상 혹은 지옥, 혹은 외계에서 주인공에 필적하는 세력들이 진군해올지도 모르겠다.

이렇게 작가가 연재를 준비하며 써둔 시놉시스를 바탕으로 회차별로 어느 정도 서사의 얼개를 잡아둔다면, 연재 후반에도 크게 흔들리지 않고 이야기를 진행할 수 있을 것이다.

결국 관건은 재미다. 인기 작가들은 이러한 연재의 패턴을 염두에 두고, 세계가 확장되는 시점마다 재미와 긴장감이 떨어지지 않게 퀘스트를 설계하는 능력이 탁월하다. 같은 작가로서 이러한 작가들의 작품을 분석하다 보면 이런 생각이 든다.

'한 화 한 화의 재미는 그렇게 크지 않지만, 재미의 총량이 들쭉날쭉하지 않고 연재 후반에도 일정하다.'

일정한 재미를 유지하면서 퀘스트를 잘 설계하기 위해서는 '정반합의 원리'를 유념해둘 필요가 있다. '정正'은 주인공이고, '반反'은 적수이자 세계이며, '합合'은 카타르시스라고 생각해보자. 주인공의 목표와 집념이 강하면 강할수록 이를 억누르려는 적의 반발은 거세질 것이며, 갈등은 극대화될 것이다. 이야기의 판돈, 즉 재미가 점점 커진다는 이야기다. 팽팽한 긴장감 속에서 마침내 주인공이 극적으로 승리를 쟁취할 때 독자들은 카타르시스를 느낄 것이다. 간단하다. 독자들에게 재미와 카타르시스를 주려면 '정반합의 원리'에 따라 주인공의 집념과 적수의 반발을 점진적으로, 그럴듯하게 설계해서 '판돈'을 점점 늘려나가면 된다.

인기 작가들은 처음부터 재미와 카타르시스를 빵빵 터뜨리려고 하지 않는다. 오히려 처음에는 다소 아쉬울 정도로 일정한 수준을 유지한다. 그럼에도 독자들은 그 작품에서 하차하지 않는다. 왜일까? 미약하나마 재미가 점진적으로 상승하기 때문이다. 인기 작가들은 이렇게 재미의 총량을 가늠해서 이야기의 완급을 조절할 줄 안다. 독자들은 당장 이번 회차의 재미가 조금 모자라도, 다음 화에 예고된 재미를 느끼기 위해 지체 없이 지갑을 열 것이다.

이것은 베테랑 작가들의 노하우로, 처음부터 이렇게 완급을 조절하기는 힘들다. 그러므로 이러한 연재 감각을 얻기 위해서는 먼저 연재를 계속 이어가야 하며, 동시에 틈틈이 인기작들의 패턴을 연구하고 내 작품에 끊임없이 응용하면서 다음 줄거리를 가늠해보아야 한다.

나 역시 고비가 찾아오면 억지로 컴퓨터 앞에 앉아서 '흰 벽'과 씨름하기보다는 잠시 핸드폰을 챙겨 책상 앞을 벗어난다. 커피를 한 잔사 들고 카페나 공원 벤치에 앉아서 웹소설 플랫폼에 접속한다. 다른 작가들은 이 시점에서 어떤 사건을 일으키는지, 어떤 적수를 등장시키는지, 또 그것들을 어떻게 빌드업하는지 찬찬히 읽어본다.

어떨 때는 시간 가는 줄도 잊은 채 그 작품의 재미에 푹 빠지는 경우도 많다. 그러다 보면 문득 그럴듯한 아이디어 하나가 뇌리를 스치고 지나갈 때가 있다. 그제야 나도 모르게 벌떡 일어나 작업실로 달려온다. 비로소 또 하나의 세계가 열리고, 주인공에게 또 다른 미션이 주어진다. 곧이어 어디선가 주인공의 외침이 들려온다.

"으아아악!"

이제부터 그 소리를 정신없이 받아 적는다.

여기서 한 가지 주의할 점이 있다. 다른 작가의 작품을 참고할 때는 표절에 유의해야 한다. 여기에서 참고란 어떤 모티브나 아이디어를 차용한다는 얘기가 아니고 적당히 자극을 받는 정도를 의미한다. 어떤 작가들은 초기 설정이나 얼개를 그대로 따와서 쓰는 경우도 있는데, 웹소설 독자들은 대부분 재미있는 소설을 찾기 위해 여러 플랫폼을 섭렵하기 때문에 금방 알아챈다.

웹소설이 워낙 초장편이기도 하고, 기존의 이야기를 패러디하는 경우도 많기에 표절의 기준이 다소 모호하긴 하지만, 법적인 판단보다도 독자들의 판단이 더 중요하다는 것을 잊지 말아야 한다. 한번 표절작가로 찍히면 다음 작품을 연재할 때도 꼬리표가 따라다니기에 흥행에도 부정적인 영향을 미친다. 무엇보다 다른 작품에 기대서 쓰는 것에 맛을 들리면, 온전한 자기 작품을 쓰기가 요원해진다. 그런 이들은 한두 작품 선보이다가 곧 사라진다.

한 작품을 오래오래 연재하는 것도 좋지만, 여러 작품을 오래오래 연재하면 더 좋지 않을까? 회사에는 정년이 있지만 웹소설 쓰기에는 정년이 없다.

24

지속가능한
웹소설 작가를 위하여

연금생활자가 되기 위한 방법

사실 지속가능한 웹소설 작가가 되는 법, 연금생활자가 되는 법은 앞에 이미 다 서술했다. 요약하자면 이렇다. 오늘 하루를 당신이 만든 웹소설 작가의 시간표에 따라 사는 것. 그리고 하루 한 회차 분량, 5,000자 이상을 지속적으로 써내는 것. 그게 전부다.

당신이 오늘 쓴 5,000자는 비록 아직 엉성하고, 형편없을지 모르지만 그것은 내일 쓰게 될 5,000자의 밑거름이 되고, 첫 번째, 두 번째 톱니가 되어 다음에 쓸 톱니의 디딤돌이 될 것이다. 비록 지금은 아직 습작에 불과할지라도, 그 '톱니'를 계속 쌓아나간다면 당신은 곧 연재를 시작하게 될 것이고, 연재를 시작하고서도 멈추지 않고 하루 5,000자를 계속 써나간다면 당신은 마침내 완결하게 될 것이다.

그 후에도 계속 하루에 5,000자를 써나간다면 당신은 두 번째 작품을 시작한 셈이고, 그 후에도 날마다 5,000자를 써나간다면 두 번째 작품을 완결하게 될 것이다. 비록 처음 얼마간 당신의 작품이 주목받지 못할 수도 있다. 어떤 사람은 앞서 설명했던 내가 존경하는 인기 작가처럼 300화가 넘도록 조회 수가 10에 미치지 못할 수도 있다. 그럼에도 불구하고 하루 5,000자를 계속 써나갈 수 있다면 그는 웹소설의 기승전결과 플롯을 터득한 상태에서 다음 작품을 연재할 수 있을 것이고, 흥행 여부를 떠나 충성 독자가 따라붙는 작품을 써낼 수 있을 것이다.

신인이라면 우선 첫 작품을 완결하는 데 목표를 두자. 연재 수입과 타 플랫폼 유통 수입, 그리고 이북 출간에 따른 수입이 두세 질째 맞물리는 시점에는 생활에도 안정이 찾아올 것이고, 그렇게 지속적으로 연재하다 보면 중박, 나아가 대박 작품도 쓰게 될 날이 올 것이다. 혹여 그날이 오지 않더라도 당신은 충분히 여유롭게 웹소설 작가로 살고 있을 것이다.

나는 그리 멀리 생각하지 않는다. 오늘만 생각한다. 오늘 나는 5,000자 이상을 썼는가? 원고지로 치면 30매 이상을 썼는가? 이런저런 핑계를 대지 않고, 계획한 하루를 살았는가? 너무 멀리 바라보며 불안해할 필요는 없다. 지망생들이 모이는 사이트나 게시판에 들락거리거나 조언을 구하거나 불평할 필요도 없다. 과연 웹소설 작가를 할까, 말까 고민할 필요도 없다.

그저 오늘 하루 내가 써낸 5,000자, 그것만 생각하면 된다. 당신이 오늘 써낸 5,000자는, 내일 쓰게 될 5,000자의 기준이 되고, 지침이 되고, 거름이 되고, 거울이 되고, 마침내 서사가 될 것이다.

그 5,000자가 너무도 쓰기 힘들거나 재미없다면, 웹소설 작가로 성공해서 돈을 벌고는 싶지만 곰처럼 쑥과 마늘을 먹으며 동굴에서 버티기는 싫다면, 호랑이처럼 과감하게 세상 밖으로 나가면 그만이다.

어떤 선택을 하든 당신의 공상이, 당신의 미래에 서사를 부여할 것임은 자명하다. 웹소설 작가는 '염력念力'을 써서 백지 위에 하나의 세계를 빚어내고, 거기에 질서를 부여하는 선택받은 존재다. 그것만으로도 충분히 살아볼 만하지 않은가?

지금 당장 컴퓨터 앞으로 갈 일이다.

나도 웹소설 한번 써볼까?

초판 1쇄 발행 2021년 12월 20일

지은이 이하
발행인 안병현
총괄 이승은 **기획관리** 송기욱 **편집장** 박미영
기획편집 김혜영 정혜림 조화연 **디자인** 이선미 **마케팅** 신대섭

발행처 주식회사 교보문고
등록 제406-2008-000090호(2008년 12월 5일)
주소 경기도 파주시 문발로 249
전화 대표전화 1544-1900 **주문** 02)3156-3681 **팩스** 0502)987-5725

ISBN 979-11-5909-899-4 (03800)
책값은 표지에 있습니다.